नाटक

स्वर्ग की झलक

स्वर्ग की झलक

उपेन्द्रनाथ 'अश्क'

लोकभारती प्रकाशन

पहला संस्करण 1939 में नीलाभ प्रकाशन, इलाहाबाद से प्रकाशित

लोकभारती प्रकाशन
पहली मंजिल, दरबारी बिल्डिंग, महात्मा गांधी मार्ग
प्रयागराज-211 001

वेबसाइट : www.lokbhartiprakashan.com
ईमेल : info@lokbhartiprakashan.com

शाखाएँ : 1-बी, नेताजी सुभाष मार्ग, दरियागंज
नई दिल्ली-110 002
अशोक राजपथ, साइंस कॉलेज के सामने
पटना-800 006
1, अनमोल सोराबजी संतुक लेन, धोबी तलाव,
मरीन लाइंस, मुम्बई-400 002

पहला लोकभारती संस्करण : 2024

मूल्य : ₹495

विकास कंप्यूटर एंड प्रिंटर्स
ट्रॉनिका सिटी-201 102 द्वारा मुद्रित

SWARG KI JHALAK
Play by Upendra Nath 'Ashk'

ISBN : 978-81-978414-4-6

'स्वर्ग की झलक' देखने वालों के नाम!

भूमिका

दो वर्ष पहले[1] 'जय पराजय' लिखते समय ही मैंने सोचा था कि इस तरह का शायद यह मेरा पहला और अन्तिम नाटक होगा और यद्यपि आज उसकी दूसरी आवृत्ति चार हज़ार[2] की हो रही है और इस बीच में देश की सभी मुख्य-मुख्य पत्र-पत्रिकाओं ने विस्तृत समालोचनाएँ करते हुए उसका स्वागत किया है, तो भी फिर वैसा नाटक लिखने को मेरा मन नहीं हुआ। इसका पहला कारण यह है कि 'जय पराजय' एक ऐतिहासिक नाटक है और मेरे विचार में आज हमें सामाजिक नाटकों की ज़्यादा आवश्यकता है। ऐतिहासिक नाटकों का प्रचार सब देशों में प्राय: उस समय होता रहा, जब उनकी सामाजिक समस्याएँ इतनी विषम न थीं या उन समस्याओं को समझने तथा उनका मनन करने की प्रवृत्ति उनमें नहीं थी अथवा उनकी सामाजिक स्थिति इतनी दुखद थी कि उससे भागकर वे अपने उज्ज्वल अतीत में कुछ क्षण के लिए जा बसना, उसके सुख-वैभव में अपने-आपको विस्मृत कर देना ही श्रेयस्कर समझते थे। भारत में पिछला युग प्राय: ऐतिहासिक नाटकों का ही युग रहा है और इसका मूल कारण यही वर्तमान से भागकर अतीत में जा बसने की प्रवृत्ति है।

बंगाल में स्व. द्विजेन्द्रलाल राय के मुग़ल तथा राजपूत-काल सम्बन्धी नाटक, हिन्दी में भारत के स्वर्ण-युग सम्बन्धी स्व. प्रसाद तथा श्री उदयशंकर भट्ट के ऐतिहासिक तथा पौराणिक नाटक और उर्दू में सैयद इमत्याज़ अली ताज का प्रसिद्ध नाटक 'अनारकली'—सब इसी प्रवृत्ति के द्योतक हैं। ये सब

1. 1937 ई.
2. आज तक 'जय पराजय' के छब्बीस संस्करण हो चुके हैं।

नाटककार हमारे सामने उज्ज्वल अतीत को रखकर दुखी वर्तमान में हमें सांत्वना देते हैं। पर आज हमारा वर्तमान इतना निराशापूर्ण नहीं, देश और समाज की उन्नति के भी हम स्वप्न लेने लगे हैं। आज हमें मात्र सांत्वना नहीं चाहिए, हमें आलोचना की भी ज़रूरत है। आज हम एक संक्रान्ति काल से गुज़र रहे हैं और अपने अतीत का गुणगान करने के बदले हमारे लिए आवश्यक है कि हम अपने भविष्य की भी चिन्ता करें; समाज की कुरीतियों को दूर करके, उसे स्वस्थ बनाते हुए, प्रगति-पथ पर ले जाएँ। साथ ही यह देखें की एक अतिरेक से निकलकर वह दूसरे अतिरेक में तो नहीं जा पड़ता और इसलिए आवश्यक है कि हम समाज की विभिन्न समस्याओं को छूने वाली रचनाओं का सृजन करें—फिर चाहे वे कथाएँ हों, उपन्यास हों अथवा नाटक!

दूसरी बात यह भी थी कि 'जय पराजय', पुरानी शैली का नाटक था और इसलिए बहुत लम्बा था! मैंने उसे लिखते समय रंगमंच का पूरा ध्यान रखा था और जैसा कि सम्पादक 'विशाल भारत' ने लिखा, वह खेला भी जा सकता है, पर यह मैं तब भी जानता था और अब भी जानता हूँ कि वह शायद ही कभी पूरे का पूरा खेला जाए। खेलने के लिए उसे काफ़ी संक्षिप्त करना होगा और ऐसा मैंने नाटक की भूमिका में लिखा भी था। आज के अभिनेय नाटकों की सबसे बड़ी ख़ूबी, उनका अपेक्षाकृत छोटा होना है; पुराने समय में जीवन का संघर्ष इतना विषम नहीं था और लोगों के पास समय भी यथेष्ट होता था। रात के नौ बजे से प्रातः के तीन-तीन बजे तक नाटक खेले तथा देखे जाते थे, पर आज हमारे पास इतना समय नहीं कि हम एक रात जागकर ख़राब करें और दूसरा दिन सोकर! हम चाहते हैं, कम-से-कम समय में हमारा अधिक-से-अधिक मनोरंजन हो। सिनेमा इस आवश्यकता को पूरा करता है। यदि समय के साथ ही भारत में नाटक के कर्णधार इस बात का ध्यान रखते तो आज नाटक के मामले में भारत यों न पिछड़ जाता, क्योंकि रंगमंच के सीमित होते हुए भी, नाटक की अपील रजत-पट से कहीं ज़्यादा है। चित्रों की अपेक्षा हम सजीव व्यक्तियों के अभिनय में अधिक दिलचस्पी ले सकते हैं। पश्चिम ने इस बात का ध्यान

रखा है और यही कारण है कि वहाँ रंगमंच आज भी दर्शकों को सिनेमा से कम आकर्षित नहीं करता।

नाटक के संक्षिप्त होते ही उसकी कला भी बदल गई है। रंगमंच भ्रम (illusion) तो है ही, पर आज का नाटककार उसे, जहाँ तक सम्भव हो, सत्य के समीप रखने का प्रयास करता है। वह पूरी की पूरी शताब्दी को दो घंटों के अन्दर ही दिखाने और ऐसे कृत्रिम दृश्य देने के विरुद्ध है, जो देखते ही असम्भव जान पड़ें। स्व. द्विजेन्द्रलाल राय का नाटक 'भीष्म पितामह' भीष्म के युवा काल से उनकी मृत्यु तक फैला हुआ है। उसमें पाँच अंक हैं। प्रत्येक अंक में आठ तक दृश्य हैं। प्रसाद के नाटक 'चन्द्रगुप्त' के एक अंक में दस तक दृश्य हैं। आज के अभिनेय नाटकों में ऐसा होना सम्भव नहीं।

नाटक के संक्षिप्त होने के साथ ही उसका उद्‌देश्य भी बदल गया है। पुराना नाटक उपन्यास के समीप था; आज का, कहानी के समीप है। पुराने नाटक में हम समाज का पूरा चित्र खींच सकते थे, व्यक्ति का पूर्ण चरित्र-चित्रण कर सकते थे, पर आज हम उसकी झाँकी मात्र दिखाते हैं, शेष सब दर्शक की कल्पना पर छोड़ देते हैं। इसके साथ ही जहाँ पहले के नाटकों में ऐसी बातें भी आ सकती थीं, जिनका सम्बन्ध मुख्य कहानी के साथ ज़्यादा न हो अथवा उपन्यास की भाँति जहाँ नाटक में एक साथ दो कथानक चल सकते थे, वहाँ आज के नाटकों में व्यर्थ का एक वाक्य भी असह्य है। नाटककार समय, स्थान और अभिनय के संकलन की ओर अधिक ध्यान देते हैं। इसके साथ ही पुराने नाटकों की कृत्रिम बातें—व्यर्थ के गाने, स्वगत, टैबलो (tableau) आदि सब आज उड़ गए हैं और नाटक जीवन के अधिक निकट आ गया है।

मासिक 'हंस' में मेरे एक लेख का उत्तर देते हुए जैनेन्द्र ने लिखा था कि जब रंगमंच ही न हो तो रंगमंच के नाटक कैसे लिखे जाएँ? तब मैंने उत्तर दिया था कि यदि आज लेखक रंगमंच पर खेले जाने वाले नाटक लिखे तो कल

रंगमंच भी अपनी वर्षों की नींद से जाग उठेगा! वास्तव में दोनों का आपस में गहरा सम्बन्ध है। आज यदि विविध स्कूलों तथा कॉलेजों में नाटक क्लब बन जाएँ तो शायद खेलने के लिए उन्हें हिन्दी में नाटक ही न मिलें। आज भी[1] हमारे कॉलेजों में अनूदित नाटक ही खेले जाते हैं। कारण यही है कि उन्हें उर्दू-हिन्दी में उत्कृष्ट नाटक नहीं मिलते। मेरा अपना विचार तथा अनुभव है कि रंगमंच को स्फूर्ति प्रदान करने का सबसे अच्छा साधन यह है कि ऐसे नाटक अधिक संख्या में लिखे जाएँ, जो रंगमंच पर सुगमता से खेले जा सकें। गत वर्ष मैंने 'लक्ष्मी का स्वागत' एकांकी लिखा था, जो इस अल्पकाल ही में सूरत, लाहौर तथा इलाहाबाद—तीन जगह खेला गया। डॉ. रामकुमार वर्मा तथा श्री भगवतीचरण वर्मा के एकांकी भी सफलतापूर्वक खेले गए हैं।

'लक्ष्मी का स्वागत' की सफलता से प्रोत्साहित होकर मैंने यह अपेक्षाकृत लम्बा, चार अंक का नाटक लिखा है और इस बात का पूरा ध्यान रखा है कि यह आसानी से खेला जा सके, इसे खेलने में व्यय अधिक न आए और रंगमंच में भी कुछ अधिक परिवर्तन न करने पड़ें।

'स्वर्ग की झलक' एक सामाजिक व्यंग्य है और क्योंकि यह आधुनिक शैली का है—पात्रों के चरित्र की या उनके चरित्र के एक पक्ष ही की झाँकी-मात्र दिखाता है—इसलिए, यह सोचकर कि इसके उद्देश्य को लेकर किसी प्रकार का भ्रम न पैदा हो जाए, मैं यहाँ दो-एक बातें इस नाटक के सन्दर्भ में लिख देना आवश्यक समझता हूँ।

पहली बात नाटक के उद्देश्य के बारे में है। हो सकता है कि नाटक को सरसरी दृष्टि से पढ़ने वाला यह धारणा बना ले कि नाटक आधुनिक शिक्षा के विरुद्ध लिखा गया है। ऐसे पाठकों से मैं निवेदन करूँगा कि वे इसे फिर ध्यान से पढ़ें।

नाटक का उद्देश्य शिक्षा अथवा आधुनिक नारी के विरुद्ध न होकर, उस मनोवृत्ति का विरोध करना है, जो हमारे यहाँ की अधिक शिक्षित लड़कियों

1. 1939 में

में पैदा होती जा रही है कि प्राय: वे सब उदार विचारों के शिक्षित और धनी पति चाहती हैं और अपना बाहर सँवारने के जोश में घर बिगाड़ती जाती हैं। इसके अलावा, जैसा कि मैंने कहा, आज हम एक परिवर्तन-काल से गुज़र रहे हैं, जिसमें शिक्षा के साथ बेकारी बढ़ती जाती है, हमारे युवक शिक्षित तो हो गए हैं, पर अपने संस्कारों को पूर्ण रूप से बदल नहीं पाए। इसलिए आज हर पढ़ी-लिखी लड़की के लिए शिक्षित, पूर्ण रूप से आधुनिक और साथ ही धनी पति का मिलना कठिन है। औसत शिक्षित लड़की को शिक्षित पति मिलता है तो उतना धनी नहीं होता कि उसकी आधुनिक आवश्यकताओं को पूरा कर सके। तब यदि उसे विवाह करके सीधा-सादा जीवन बिताना है तो उसे इस सीधे-सादे जीवन पर नाक-भौं न चढ़ानी चाहिए! उसे शिक्षा ग्रहण करने के साथ-साथ इस जीवन की कठिनाइयों के लिए भी अपने-आपको तैयार करना चाहिए। कम-से-कम उस समय तक के लिए, जब तक कि भारत सुसम्पन्न नहीं हो जाता और औसत दर्जे के मध्यवर्गीय का रहन-सहन पर्याप्त रूप से ऊँचा नहीं उठ जाता अथवा समाज की ऐसी व्यवस्था नहीं बन जाती, जिसमें नारी, पुरुष पर आश्रित न होकर, आर्थिक रूप से स्वतंत्र हो और वास्तविक अर्थों में उसकी सहचरी बन जाए। चाहिए यह कि जहाँ शिक्षा पाकर नारी स्वाभिमान, आत्मविश्वास, व्यापक ज्ञान तथा समाज-सेवा की भावनाएँ पाए, वहाँ अपना सन्तुलन भी न खोए; तभी समाज की स्वस्थता कायम रह सकेगी।

दूसरी बात यह है कि इस नाटक में आधुनिक शिक्षित नारी के गुण-दोषों का विवेचन नहीं किया गया। उसमें बहुत से गुण हैं, पर वे इस नाटक की सीमा से बाहर हैं। नाटक छोटा है। आधुनिक है। जीवन की व्यापकता का यह दिग्दर्शन नहीं करा सकता। एक समस्या की झाँकी मात्र यह देता है और अपनी दृष्टि उसी समस्या पर केन्द्रित रखता है।

आधुनिक शिक्षित लड़कियों के एक वर्ग की मनोवृत्ति पर व्यंग्य के साथ-साथ यह मध्यवर्ग के भीरु युवक की अस्थिर चित्तता पर भी व्यंग्य करता है, जो शिक्षित नारी की ओर बढ़ता भी है और उससे डरता भी है।

नाटक की भाषा को शिक्षित लोगों की भाषा के तनिक समीप रखने का प्रयास किया गया है, ताकि यह कृत्रिम प्रतीत न हो। इसलिए अंग्रेज़ी के शब्द अनिवार्य रूप से आ गए हैं और भाषा दुरूह तथा क्लिष्ट नहीं।

नाटक के पात्र भी हमारे संक्रान्ति काल के हैं, जो न पूर्ण रूप से आधुनिक हैं, न पूरी तरह पुरातन! फिर, नाटक एक व्यंग्य है और व्यंग्य नाटक को कुछ privileges (विशेषाधिकार) भी प्राप्त हैं। समालोचकों से मेरी विनय है कि नाटक की आलोचना करते समय इन बातों का ख़याल रखें।

—उपेन्द्रनाथ अश्क

184 अनारकली, लाहौर
10 जून, 1939

नाटककार अश्क

जगदीश चन्द्र माथुर

उपेन्द्रनाथ अश्क के नाटकों का रचना-काल सन् 1937 से प्रारम्भ होता है, जब द्विजेन्द्रलाल राय और प्रसाद की शैली में 'जय पराजय' की रचना हुई। जिन दिनों जयशंकर प्रसाद की रचनाएँ हिन्दी नाट्य-साहित्य का कंठहार हो रही थीं, उन्हीं दिनों दो प्रवृत्तियाँ चुपचाप हमारी नाट्य-परम्परा की काया पलट कर रही थीं। एक तो हमारे विश्वविद्यालयों और कॉलेजों में छात्र और अध्यापकगण पाश्चात्य देशों के आधुनिक यथातथ्यवादी नाटककारों से परिचित होने लगे थे। उससे पूर्व प्रधानत: शेक्सपियर की कृतियों ही का प्रभाव व्यापक रूप से दृष्टिगत होता था। लेकिन इब्सन, शॉ, गॉल्सवर्दी इत्यादि लेखकों की रचनाओं में भारतीय शिक्षित समाज को सहसा नये क्षितिज का आभास हुआ।

यों एक ओर तो पाश्चात्य समस्यामूलक नाट्य-साहित्य से किताबी परिचय प्राप्त लेखकों की रचना और दूसरी ओर अव्यावसायिक रंगमंच के लिए लघु नाटकों का प्रणयन, इन दो धाराओं का विकास सन् 1936-37 तक हो चला था और उपेन्द्रनाथ अश्क के नाटकों का महत्त्व यही है कि उनमें आगे चलकर इन दोनों धाराओं का समन्वय हुआ। पाश्चात्य नाट्य-साहित्य के किताबी ज्ञान को उन्होंने निजी अनुभव और पर्यवेक्षण के खरल में कूट-पीस कर सामाजिक दिग्दर्शन का नवीन और तथ्यपरक रसायन तैयार किया। दोनों प्रवृत्तियों का ऐसा सम्मिश्रण कि नाटकों की एक नवीन शैली का ही प्रस्फुटन हो जाए, अश्क ही ने किया है।

इतना स्पष्ट है कि प्रसाद के बाद हिन्दी नाटक का जो नई दिशा में उत्थान हुआ है, उपेन्द्रनाथ अश्क उसके प्रमुख प्रतीक और स्तम्भ माने जाएँगे!

कारण कि शायद ही अन्य किसी नाटककार ने नई पद्धति को इतनी लगन के साथ अंगीकार किया है और इतने परिश्रम और निश्चय के साथ सँवारा है।

अश्क की सबसे बड़ी विशेषता यही है कि वे उसी इकाई को चुनते हैं, जिसकी स्वाभाविक और सम्पूर्ण अभिव्यंजना नाटकीय रूप में हो सकती है, अन्यथा नहीं—वह इकाई चाहे एक असाधारण परिस्थिति हो, चाहे कोई अनोखा चरित्र, चाहे कोई भूली-भटकी याद! क्यों अश्क ऐसी ही इकाई को चुन पाते हैं?—इसका कोई एक उत्तर नहीं। शायद उनकी जन्मजात सूझ ही ऐसी अद्‌भुत है कि आधुनिक 'राडार' की भाँति आप-ही-आप नाटकीय सम्भावनाओं से सम्पन्न परिस्थितियाँ उनसे टकरा जाती हैं। शायद छात्र-जीवन में उन्होंने जो नाटक खेले, उनके तजुर्बे उनके व्यक्तित्व में सम्मिलित हो गए हैं। शायद वे खोज मेहनत और मनन के बाद अनेक अनुभवों में से परखकर, जो उनको बिलकुल नपा-तुला जँचता है, उसे ही चुनते हैं। यह नहीं कि जो चमकती चीज़ सामने आई, उसी पर दिल फेंक बैठें, और बेदर्दी के साथ उसे नाटक के साँचे में ढाल दें।

अश्क की प्रमुख विशेषताएँ हैं—श्रमसाध्य और जानदार पात्रों का सृजन। अश्क के संवाद इसलिए असाधारण हैं कि उनमें नदी की धारा की भाँति, परिस्थितियों के धरातल के ढलाव के अनुकूल ही उत्तर-प्रत्युत्तर चलते हैं। सुप्रसिद्ध अंग्रेज़ी नाटककार गॉल्सवर्दी ने एक बार अपने आप ही प्रश्न किया—'उन्नतिशील नाट्य कला की बुनियाद क्या है?' उत्तर भी गॉल्सवर्दी ने स्वयं इन शब्दों में दिया कि 'उन्नतिशील नाटक के चिह्न हैं—सच्चाई और खरापन और लेखक की वफ़ादारी—अपनी अनुभूति के प्रति, अपने पर्यवेक्षण के प्रति और व्यक्तित्व के प्रति! जिसकी कल्पना अनुभवगत और दृष्टिगत जीवन को ही ग्रहण करती है और जो इस भाँति ग्रहीत वस्तु-विशेष को रंगमंच पर इस तरह प्रस्तुत करता है कि दर्शक-गण भी उसी मौलिक अनुभूति से अभिभूत हो जाएँ, वही उच्च कोटि का नाटककार है।' हिन्दी में बहुत कम नाटककार इस परिभाषा के दायरे में आ पाते हैं। अश्क उन्हीं विरलों में से एक हैं और कुछ मानी में तो अनूठे हैं।

भारतेन्दु से अश्क तक

गोपाल कृष्ण कौल

उपेन्द्रनाथ अश्क किस साहित्यिक परम्परा के लेखक हैं, उनके साहित्य की विषय-वस्तु और उसके रूप-विधान की क्या विशेषताएँ हैं? ये विशेषताएँ साहित्य की किस महत्त्वपूर्ण परम्परा की छाया में विकसित हुई हैं? उनकी ऐतिहासिक पृष्ठभूमि क्या है? और वर्तमान को उन्होंने क्या दिया है?—इन सब बातों को जानने के लिए आवश्यक है कि विगत के उन पृष्ठों को खोलकर देखा जाए, जिनमें वर्तमान हिन्दी साहित्य के विकसित और पल्लवित रूप के अंकुर अपनी भवितव्यता लिये उदय हुए—वे अंकुर, जिनमें आज के महान विटपों की तमाम सम्भावनाएँ छिपी थीं।

अश्क के नाटकों में जिस यथार्थवादी सामाजिक चेतना की झलक है, वह हिन्दी साहित्य की उस राष्ट्रीय प्रगतिशील परम्परा से सम्बन्ध रखती है, जिसका उदय भारतेन्दु के समय में हुआ था। उन्नीसवीं शताब्दी के उत्तरार्ध में हिन्दी के आधुनिक युग का प्रारम्भ हुआ, जबकि देश में अंग्रेज़ी साहित्य की जड़ें जम गई थीं और अंग्रेज़ी शिक्षा का प्रचार शुरू हो गया था। इस प्रकार एक दूर के देश के राजनीतिक दबाव तथा सांस्कृतिक प्रभाव में देश की सांस्कृतिक और साहित्यिक परम्पराएँ भी करवट बदल रही थीं। साहित्य की दरबारी और रीतिवादी परम्परा का अन्त हो रहा था और खड़ी बोली हिन्दी के नये साहित्य में क्रान्तिकारी परिवर्तन हो रहे थे। साहित्य में एक राष्ट्रीय व सामाजिक चेतना की झलक दिखाई देने लगी थी। उस समय धर्म की रूढ़िगत प्रथाओं और मान्यताओं के विरुद्ध विद्रोह हो रहा था, जिसने साहित्य में सामाजिक क्रान्ति की सुधारवादी भावनाओं की प्रेरणा का स्रोत बहाया। स्वामी दयानन्द ने उस

समय धार्मिक, सामाजिक रूढ़ियों और अन्य धार्मिक प्रचारों के विरुद्ध जो धार्मिक आन्दोलन शुरू किया था, उसका सामाजिक-सुधारवादी क्रान्ति का पक्ष साहित्य में विशेष रूप से प्रतिबिम्बित हुआ। भारतेन्दु ने अपने साहित्य में—विशेषकर मौलिक नाटकों में—दुर्भिक्ष, महामारी, अनुचित करों के विरुद्ध कलम उठाई। 'भारत-दुर्दशा' नामक उनके नाटक में पराधीनताजन्य भारत की दुर्दशा को दिखाया गया है। 'वैदिकी हिंसा हिंसा न भवति' में मांसभक्षियों का मज़ाक़ उड़ाया गया है और 'अन्धेर नगरी' नाटक में उस समय के कुशासन पर चोट की गई है। यद्यपि ये नाटक आधुनिक विकसित नाट्य-कला की दृष्टि से सफल नाटक नहीं हैं तो भी इनमें जिस राष्ट्रीय और सामाजिक चेतना की झलक है, वह उस युग की विशेषता थी। इस विशेषता ने ही हिन्दी साहित्य के वर्तमान युग की नींव रखी। इसलिए कला की वर्तमान कसौटी पर उस समय के नाटक भले ही खरे न उतरें, किन्तु उनका ऐतिहासिक मूल्य और महत्त्व है और वे हिन्दी में एक नई परम्परा का सूत्रपात करते हैं।

भारतेन्दु बाबू हरिश्चन्द्र को हम निःसंकोच इस नई परम्परा का सूत्रधार कह सकते हैं। उनसे पहले हिन्दी में जो चार नाटक मिलते भी हैं—जैसे महाराज जसवन्त सिंह द्वारा 1700 में किया गया संस्कृत नाटक 'प्रबोध चन्द्रोदय' का ब्रज भाषा अनुवाद अथवा वाजिद अली शाह के दरबारी कवि 'अमानत' द्वारा 1853 में लिखा गया रहस 'इन्दर सभा' या फिर गिरधर दास का 'नहुष' या विश्वनाथ सिंह का 'आनन्द रघुनन्दन'—ये सब हिन्दी में किसी नई साहित्यिक परम्परा की नींव नहीं बन पाए। मौलिक नाटकों की परम्परा भारतेन्दु ही ने शुरू की। 'वैदिकी हिंसा हिंसा न भवति' उनका सर्वप्रथम मौलिक नाटक है।

हिन्दी के प्रारम्भिक नाटकों पर संस्कृत-शैली का प्रभाव अधिक है। भारतेन्दु भी इस प्रभाव से नहीं बच सके। लेकिन यह प्रभाव उनके यहाँ बाह्य या ऊपरी नहीं था, क्योंकि यह स्वाभाविक था। प्रारम्भ के हिन्दी नाटककारों के सामने संस्कृत नाटक-साहित्य और नाट्य-सिद्धान्तों का विशाल भंडार उनकी नाट्य-रचना की एकमात्र आधार भूमि था। उसे सहज रूप से अपना कर ही वे

हिन्दी नाटक की परम्परा की नींव डाल सकते थे। इसलिए वह मात्र प्रभाव न होकर, उस समय उनकी प्रतिभा के विकास के लिए, साहित्य की भारतीय परम्परा की एक विरासत था, जिसे साथ लेकर ही वे हिन्दी के नवयुग का द्वार खोल सकते थे। फिर भी भारतेन्दु ने पूर्ण रूप से संस्कृत-शैली का ही अनुकरण नहीं किया। उनका परिचय बंगला-नाटकों और अंग्रेज़ी साहित्य से भी हो गया था, इसलिए संस्कृत की प्राचीन नाट्य-शैली में अनेक नवीन परिवर्तनों के साथ उन्होंने हिन्दी नाटकों की रचना की। भारतेन्दु ने 'नाटक' शीर्षक निबन्ध में लिखा है :

> अब नाटक में कहीं 'आशी:' प्रभृति नाट्यालंकार, कहीं 'प्रकरी', कहीं 'विलोभन', कहीं 'संफेट', 'पंचसन्धि', वा ऐसे ही अन्य विषयों की कोई आवश्यकता नहीं रही। संस्कृत नाटक की भाँति हिन्दी नाटक में इनका अनुसन्धान करने, वा किसी नाटकांग में इनको यत्नपूर्वक रखकर हिन्दी नाटक लिखना व्यर्थ है, क्योंकि प्राचीन लक्ष्य रखकर आधुनिक नाटकादि की शोभा सम्पादन करने से उलटा फल होता है और यत्न व्यर्थ हो जाता है। संस्कृत नाटकादि रचना के निमित्त महामुनि भरत जो सब नियम लिख गए हैं, उनमें जो हिन्दी-नाटक रचना के नितान्त उपयोगी हैं और इस काल के सहृदय सामाजिक लोगों की रुचि के अनुयायी हैं, वे ही नियम यहाँ प्रकाशित होते हैं।

इस बात से स्पष्ट है कि भारतेन्दु निपट प्राचीनपन्थी नहीं थे और न नवीनता के ही अन्ध भक्त! उनके 'सत्य हरिश्चन्द्र', 'चन्द्रावली', 'वैदिकी हिंसा हिंसा न भवति', 'विषस्य विषमौषधम्', 'भारतजननी' आदि नाटकों में संस्कृत नाटकों की तरह भरत-वाक्य, प्रस्तावना, नान्दी-पाठ मौजूद हैं। 'चन्द्रावली' में विष्कम्भक और अंकावतार भी हैं। भारतेन्दु ने नाटकों में 'स्वगत' का प्रयोग बहुत किया है। 'सत्य हरिश्चन्द्र' में महाराज हरिश्चन्द्र ने काशी नगरी और गंगा के वर्णन में तीन पृष्ठ का और श्मशान में छह पृष्ठ का स्वगत भाषण किया है। इतना लम्बा स्वगत भाषण संस्कृत के प्राचीन नाटकों में भी मिलना कठिन है।[1]

1. शेक्सपियर के यहाँ इतने लम्बे स्वगत भाषण मिलते हैं और शायद वहीं से भारतेन्दु ने यह प्रभाव ग्रहण किया था।

किन्तु रचनाक्रम के अनुसार उसके बाद के नाटकों में संस्कृत का ऐसा प्रभाव, जो हिन्दी में आकर दोष बन गया था, काफ़ी कम हो गया। 'नील देवी' और 'विभासुन्दर' में ये दोष कम हो गए और उस समय के अनुसार उन्हें नवीन रूप प्रदान करने का प्रयत्न किया गया। इन नाटकों का दृश्य-विधान भी नये ढंग का है और इनमें भरत-वाक्य, नान्दी-पाठ और प्रस्तावना भी नहीं हैं। उन्होंने नाटकों के गद्य में खड़ी बोली और पद्य में ब्रज भाषा को अपनाया। स्पष्ट है कि भारतेन्दु ने अपने प्रारम्भिक नाटकों में जिस संस्कृत शैली को प्रमुखता दी थी, वह उनके बाद के नाटकों में कम हो गई और उन्होंने उनमें अपने युग के अनुसार अधिक आधुनिकता में पैदा करने का प्रयत्न किया। यद्यपि इस दोतरफ़े प्रयत्न से उनके नाटकों में कला की दृष्टि से गुण की बजाय दोष ही अधिक आ गए, फिर भी उनके नाटकों ने हिन्दी-नाटक-साहित्य के युग-द्वार का उद्घाटन करके एक ऐतिहासिक महत्त्व का काम किया।

इस प्रकार भारतेन्दु ने अपने नाटकों में राष्ट्रीयता, उत्कट देश-प्रेम, सामाजिक सुधार, अत्याचारपूर्ण कुशासन की निन्दा आदि, उदात्त भावनाओं की पृष्ठभूमि बनाकर हिन्दी साहित्य में एक नई राष्ट्रीय और सामाजिक चेतना का आलोक फैलाया।

उनका दृष्टिकोण संकुचित नहीं था। उन्होंने ऐतिहासिक, पौराणिक, काल्पनिक और प्रत्यक्ष सामाजिक जीवन से सम्बन्ध रखने वाले पात्रों और कथानकों को अपनाया, श्रृंगार, हास्य, करुण और वीर रसों को अपनाया, और सुखान्त एवं दुखान्त दोनों प्रकार के नाटक लिखे।

उन्होंने साहित्यगत और समाजगत अनेक रूढ़ियों को तोड़कर विचार और कला, वस्तु और शिल्प, जनता और साहित्य के व्यापक सम्बन्धों को समझते हुए तात्कालिक सीमाओं के बावजूद साहित्य में एक सामाजिक परम्परा को आगे बढ़ाकर नये युग की नींव रखी।

भारतेन्दु के व्यक्तित्व और रचनात्मक प्रतिभा से उनके युग के लगभग सभी हिन्दी लेखक प्रभावित हुए और प्रेमघन, राधाकृष्णदास और प्रताप नारायण

मिश्र आदि लेखकों ने अनेक नाटक लिखे, किन्तु वे हिन्दी नाटक के विकास में विशेष योग न दे सके। इस युग के अधिकांश नाटक प्राचीन संस्कृत शैली पर ही लिखे गए। उनमें कथा-वस्तु का चुनाव इतिहास, पुराण और वर्तमान जीवन से किया गया। भारतेन्दु द्वारा चलाई गई प्रहसन-परम्परा को भी आगे बढ़ाया गया। अधिकतर प्रहसनों में वर्तमान जीवन में व्याप्त मद्य-पान, वेश्यावृत्ति आदि, अनीतिपूर्ण दुर्व्यसनों और अनाचारों के विरुद्ध, हास्य और व्यंग्य के साथ, सुधारवादी प्रहार करने का प्रयत्न किया गया। इन प्रहसनों के हास्य और व्यंग्य उच्चकोटि के यथार्थवादी और स्वाभाविक नहीं बन पाए, फिर भी उस सामाजिक चेतना की झलक इनमें है, जो नाटक को जनता के निकट लाने और उसे लोकतांत्रिक रूप देने के प्रयत्न में नाटककार की सहायक बनती है।

भारतेन्दु के बाद और प्रसाद से पहले तक का समय अनुवाद का युग है। इस समय अनेक अंग्रेज़ी और बांग्ला नाटकों का अनुवाद हुआ। यद्यपि इस बीच उच्च कोटि के मौलिक नाटकों की सृष्टि नहीं के बराबर हुई, फिर भी अनुवादों के द्वारा अंग्रेज़ी और बांग्ला नाटकों की नई रचना-शैली के सम्पर्क में हिन्दी के नाटककार आए। बंगाल से द्विजेन्द्रलाल राय और गिरीशचन्द्र घोष के, अंग्रेज़ी से शेक्सपियर के और फ्रेंच से मोलियर के नाटकों का हिन्दी में अनुवाद हुआ।[1] दूसरी ओर इस युग में व्यावसायिक मंडलियों के लिए रंगमंचीय नाटककारों ने नाटक लिखे। इस समय नाटककारों के दो वर्ग स्पष्ट दिखाई देते हैं—एक तो वे, जो मात्र रंगमंच को सामने रखकर नाटक न लिखते थे और दूसरे वे, जो नाटक-मंडलियों के निर्देश पर केवल रंगमंचीय नाटक ही लिखते थे। इस भेद ने नाटक के साहित्यिक और रंगमंचीय (दोनों दृष्टियों से समन्वित और सामंजस्यपूर्ण, कलात्मक और यथार्थवादी) विकास में बड़ी बाधा पहुँचाई।

इस अनुवाद युग के बाद ही हिन्दी नाटक के क्षेत्र में प्रसाद जैसी मौलिक प्रतिभा का उदय होता है। प्रसाद की प्रतिभा ने हिन्दी नाट्य-रचना को अधिक मौलिकता

---

1. मोलियर के नाटकों को हिन्दी जामा पहनाने में हास्य-रस लेखक श्री जी.पी. श्रीवास्तव का नाम उल्लेखनीय है।

और कलात्मक प्रौढ़ता प्रदान की। इस समय तक भारत के राजनीतिक और राष्ट्रीय जीवन में एक क्रान्तिकारी जागरण का शंखनाद गूँज चुका था। भारतेन्दु के समय की धार्मिक राष्ट्रीयता अब धर्म का जामा उतारकर राजनीतिक रूप धारण कर चुकी थी। विदेशी गुलामी से भारतीय राष्ट्रीयता का संघर्ष तीव्र हो चुका था और राष्ट्रीय गौरव की भावना साहित्य का प्राण बन गई थी। प्रसाद ने भी हिन्दी नाटकों को भारतेन्दु-युगीन धार्मिकता और पौराणिक रूढ़ियों से मुक्ति देने का प्रयत्न किया। यद्यपि उन्होंने 'कामना' और 'एक घूँट' को छोड़कर बाक़ी सभी नाटकों में प्राचीन इतिहास के पृष्ठों से (महाभारत से लेकर हर्षवर्धन के समय तक) कथा-वस्तु और पात्रों का चुनाव किया है और भारत की तत्कालीन राष्ट्रीय चेतना को प्राचीन सांस्कृतिक गुरुता से सुसज्जित किया है, फिर भी उनके नाटकों में वर्तमान की अनेक यथार्थ समस्याओं की छाया दिखाई पड़ती है। उन्होंने वर्तमान के प्रतिबम्ब को अतीत के दर्पण में देखने का प्रयत्न किया है, यही उनके नाटकों की सांस्कृतिक चेतना है। 'अजातशत्रु' में बौद्धकालीन, 'चन्द्रगुप्त' में मौर्यकालीन, 'स्कन्दगुप्त' और 'ध्रुवस्वामिनी' में गुप्तकालीन और 'राज्यश्री' में हर्षवर्धनकालीन—इसी प्रकार 'जनमेजय के नागयज्ञ' में महाभारत कालीन संस्कृति के गौरव के विभिन्न मानवीय रूपों को व्यापक दृष्टिकोण से प्रस्तुत किया गया है।

प्रसाद के नाटकों में भारतीय नाट्य-रचना-शैली के अनुसार कथानक, अर्थप्रकृति, पताका, सन्धियाँ, नायक, प्रतिनायक, रस, आदि, सभी शास्त्रीय तत्त्व मिलते हैं, साथ ही पश्चिमी नाट्य-रचना-शैली की अनेक विशेषताएँ भी मिलती हैं। इनमें रस के परिपाक के साथ कार्य-व्यापार और अन्तर्द्वंद्व भी है, व्यक्ति-वैचित्र्य और चरित्र-चित्रण भी है। भारतेन्दु-युगीन नाटककारों ने ऐतिहासिक कथन, कथानक और पात्र तो अपने नाटकों के लिए चुने, किन्तु वे उनमें पात्रों का अन्तर्द्वंद्व और चरित्र-चित्रण के द्वारा स्वाभाविक कलात्मक विन्यास न प्रस्तुत कर पाए। प्रसाद ने भारतेन्दु-युगीन इस कलात्मक कमी को अपने नाटकों से दूर किया। दूसरी ओर प्रसाद ने उन रंगमंचीय नाटककारों को, जो केवल व्यावसायिक नाटक-मंडलियों के लिए नाटक लिखते थे, नाटक

की स्वतंत्र, लोकतांत्रिक कला के स्वाधीन प्रयोग द्वारा बताया कि नाटक की कला केवल रंगमंच की ग़ुलाम नहीं। यद्यपि इस प्रतिक्रिया ने उनको रंगमंच की इतनी उपेक्षा करने पर मजबूर कर दिया जितनी एक नाटककार को न करनी चाहिए[1], फिर भी उनके कुछ नाटकों के लिए रंगमंच को अनुकूल बनाया जा सकता है और कुछ नाटकों को थोड़े से परिवर्तन से ही रंगमंच पर खेला जा सकता है। प्रसाद ने इस सम्बन्ध में हिन्दी के एक विद्वान आलोचक से कहा था—"मेरी रचनाएँ तुलसीदत्त शैदा या आग़ा हश्र काश्मीरी की व्यावसायिक रचनाओं के साथ नापी-तौली नहीं जा सकतीं। मैंने उन कम्पनियों के लिए नाटक नहीं लिखे, जो चार-छह चलते अभिनेताओं को एकत्र कर कुछ पैसा जुटा कर, चार पर्दे मँगनी माँग लेती हैं और दुअन्नी-अठन्नी के टिकट पर इक्के वाले, खोंचे वाले और दुकानदारों को बटोरकर जगह-जगह प्रहसन करती फिरती हैं। 'उत्तर रामचरित', 'शकुन्तला' और 'मुद्राराक्षस' नाटक कभी न ऐसे अभिनेताओं के द्वारा अभिनीत हो सकते और न जन-साधारण में रसोद्रेक के कारण बन सकते। उनकी काव्य-प्रधान-शैली कुछ विशेषता चाहती है। यदि परिष्कृत बुद्धि के अभिनेता हों, सुरुचि-सम्पन्न दर्शक हों और पर्याप्त द्रव्य काम में लाया जाए तो ये नाटक अभीष्ट प्रभाव उत्पन्न कर सकते हैं।"[2]

स्पष्ट है कि प्रसाद ने रंगमंचीय नाटककारों की रचना-शैली का विरोध किया और नाटकों में एक सांस्कृतिक गाम्भीर्य की स्थापना की, जिसका अनुकरण प्रसादोत्तर-कालीन कई नाटककारों ने भी किया। प्रसाद रंगमंच की अधीनता स्वीकार करने वाली सस्ती नाटकीय कला से चिढ़ते थे। नाटकों के साहित्यिक स्तर को गिराने वाली इस प्रवृत्ति के विरोध में उन्होंने लिखा था :

"नाटकों के लिए रंगमंच की रचना होनी चाहिए, न कि रंगमंच के लिए नाटकों की।"

1. 'नई धारा' पटना के एक आलोचक ने व्यंग्य से लिखा है कि प्रसाद के नाटकों को स्टेज करने के लिए 'साहित्य रत्न' पास अभिनेता होने चाहिए और बी. ए. की डिग्री देखकर लोगों को थिएटर हॉल में जाने की इजाज़त देनी चाहिए!
2. प्रसाद के नाटकों का शास्त्रीय अध्ययन—ले. जगन्नाथ प्रसाद शर्मा

अपने इस मत के बावजूद प्रसाद ने 'ध्रुवस्वामिनी' जैसा सफल अभिनेय नाटक लिखा।

इस प्रकार प्रसाद ने कला और वस्तु की दृष्टि से हिन्दी नाटकों को एक प्रौढ़ता प्रदान की। भारतेन्दु-युगीन नाटकों में जो धार्मिकता, रंगमंचीय दासता, संस्कृत-शैली की रूढ़िग्रस्तता और भावुक सतहीपन था, उससे मुक्ति पाने का प्रयत्न करते हुए प्रसाद ने मौलिक नाटकों की परम्परा को आगे बढ़ाया, नाटकों को अधिक लोकतांत्रिक रूप दिया, उन्हें राष्ट्रीय और सांस्कृतिक गुरुता प्रदान की और अपनी भाषा-क्लिष्टता, संस्कृत-निष्ठता और अतीत-प्रियता के बावजूद साहित्य के वर्तमान प्रवाह को आगे बढ़ाया।

हिन्दी नाटकों का प्रसादोत्तर काल कला की दृष्टि से संस्कृत रचना-शैली की रूढ़ियों से और कथा-वस्तु की दृष्टि से शनैः-शनैः पुराण और इतिहास और अतीतोन्मुखता से मुक्ति का काल है। इस युग में राष्ट्रीयता और देश भक्ति की भावना ने नाटकों में ऐतिहासिक कथा-वस्तु को सँजोकर रखा। केवल अन्तर इतना है कि प्रसाद के नाटकों और प्रसादकालीन दूसरे नाटकों में कथा-वस्तु का चयन भारतीय इतिहास के प्राचीनकाल से किया गया है और प्रसादोत्तर कालीन नाटकों में इतिहास के मध्ययुग से। मध्ययुगीन सामन्ती वातावरण में अपने समय की देश भक्ति की राष्ट्रीय भावना को प्रतिबिम्बित करने का प्रयत्न किया गया। परम्परागत राष्ट्रीय नैतिकता के अनेक मूल रूपों को इस समय के नाटकीय पात्रों के कार्य-व्यापार और संवादों में प्रत्यक्ष विकसित किया गया है। हिन्दू-मुस्लिम एकता की भावना को लेकर हरिकृष्ण प्रेमी ने 'शिव-साधना', 'रक्षा-बन्धन' और 'स्वप्न भंग' आदि नाटक लिखे; उग्र स्वाधीनता की जातीय भावना को लेकर मिलिन्द ने 'प्रताप-प्रतिभा', स्वामि-भक्ति की भावना से गोविन्दवल्लभ पन्त ने 'राजमुकुट', कुल और वर्ण की समस्या को लेकर सेठ गोविन्ददास ने 'कुलीनता' और उदयशंकर भट्ट ने 'दाहर' और राजपूतों के हठ और सामन्ती प्रजा-प्रेम की भावना को लेकर अश्क ने 'जय पराजय' आदि नाटकों की रचना की।

इन नाटकों की विशेषता यह है कि एक प्रधान पात्र के रूप में सामन्ती

व्यक्तित्व के विधान की छाया में पूरे नाटक का भाव-विन्यास होता है। 'जय पराजय' अश्क का पहला नाटक था, किन्तु उसमें ही उनकी प्रतिभा के कला-चातुर्य के दर्शन हो गए थे। उस समय के मध्ययुग की ऐतिहासिक कथा-वस्तु के आधार पर लिखित राष्ट्रीय नैतिकता की विभिन्न भावनाओं पर आधारित नाटकों में केवल एक यही ऐसा नाटक था, जिसमें अन्य नाटकों की अपेक्षा नाटक-शिल्प श्रेष्ठ और नवीनता लिये हुए था, अभिनय की योग्यता अधिक थी और उद्देश्य में राष्ट्रीय भावना से अभिभूत होकर नैतिकता का अधिक प्रचार नहीं किया गया। अश्क की दृष्टि वर्तमान की ओर अधिक थी, इसलिए उन्होंने धर्म-अधर्म और नीति-अनीति को मानव-समाज के उत्थान-पतन के साथ अतीतवादियों की तरह जोड़कर पौराणिक आख्यानों को अपने नाटकों का आधार नहीं बनाया। 'जय पराजय' उनका एकमात्र ऐतिहासिक नाटक है और उनकी रचनाओं के क्रम से सबसे पहला है। इस नाटक में यदि मध्यकालीन भारतीय राजपूत जीवन की एक आदर्शवादी झाँकी है तो साथ-ही-साथ वर्तमान की सजग दृष्टि से उस समय के हठी और सनकी सामन्ती जीवन की प्रच्छन्न आलोचना भी है। इसलिए भी यह नाटक अपने प्रकार के दूसरे नाटकों से अपना अलग महत्त्व रखता है।

इस युग के नाटकों में विशेष परिवर्तन उनकी कथा-वस्तु, भाव-भूमि और शिल्प—सभी में हुआ। इतिहास का स्थान वर्तमान जीवन ने ले लिया। पहले मौर्य-गुप्त-कालीन इतिहास से नाटकों की कथा-वस्तु चुनी जाती थी, फिर मुग़लकालीन और राजपूत इतिहास से कथा-वस्तु का चुनाव होने लगा और फिर इतिहास के अतीत बन्धनों से नाटक की कथा-वस्तु की मुक्ति हो गई और वर्तमान जीवन ही नाटकों का आधार बन गया। इस प्रकार नाटक अतीत के कल्पना-लोक से निकलकर जीवन की यथार्थ पृष्ठभूमि पर खड़ा हुआ। हिन्दी नाटक के विकास का यह क्रम अनोखा नहीं, अधिकांश देशों के नाटक-साहित्य का विकास-क्रम कुछ इसी प्रकार से हुआ है। अतीत से वर्तमान की ओर, इतिहास पुराण की राष्ट्रीय नैतिकता से उपस्थित जीवन की समस्याओं की ओर और सामन्ती वर्ग के चरित्रों से मध्यवर्गीय चरित्रों की

ओर क्रमशः नाटक का विकास प्रायः सभी देशों में रहा है।

हिन्दी नाटकों में यह युग इस क्रम के तृतीय उत्थान का समय है, जिसके प्रारम्भ में अधिकांश नाटककारों ने काफ़ी संख्या में ऐतिहासिक नाटक लिखे, किन्तु अश्क इस क्रम के प्रथम प्रहर की अतीतवादी राष्ट्रीय नैतिकता के आदर्शवादी प्रभाव से कम प्रभावित हुए और उन्होंने इसीलिए केवल अपना पहला नाटक ऐतिहासिक लिखा।

अतीत की रूढ़ियों से—चाहे वे वस्तुगत हों या शिल्पगत—विद्रोह के रूप में समस्या-नाटकों का उदय हुआ। वैसे कुछ-न-कुछ समस्या तो पिछले नाटकों में भी रहती थी, किन्तु वे नाटक समस्या की आधार-भूमि पर अपना विन्यास नहीं करते थे। समस्या उनके लिए गौण वस्तु थी, भावुकता और वर्गीय रोमान्स प्रमुख! समस्या का आधार नाटकों को बौद्धिक युग के विकास की देन है। प्रत्यक्ष जीवन के सम्पर्क में आते ही जीवन की जाग्रत समस्याओं से भी नाटकों का निकट सम्बन्ध स्थापित होना स्वाभाविक था। जीवन की सामाजिक और वैयक्तिक—सभी प्रकार की समस्याओं को आधार भूमि बनाकर नाटककारों ने उनका मनोवैज्ञानिक, सामाजिक और वर्गीय विश्लेषण करने का प्रयत्न किया। इस प्रयत्न में जहाँ हमें उनमें अपने जीवन का प्रतिबिम्ब, या स्वाभाविकता दिखाई पड़ती है, वहाँ कहीं-कहीं पात्र समस्या के विभिन्न अंगों के प्रतीक होते हैं। जहाँ विश्लेषण अधिक है, वहाँ समाधान नहीं और जहाँ समाधान है, वहाँ विश्लेषण न्यून हो गया है। इन नाटकों में गीत और नृत्यों का प्रयोग समाप्तप्राय हो गया। स्वगत को कम कर उसे स्वाभाविक स्थिति में प्रयोग किया गया है।

हिन्दी समस्या-नाटकों का प्रारम्भ लक्ष्मीनारायण मिश्र के नाटकों से होता है। उनके अधिकांश नाटकों की मूल समस्या है—सेक्स! उनके 'संन्यासी', 'राक्षस का मन्दिर', 'मुक्ति का रहस्य', 'आधी रात' और 'सिन्दूर की होली' आदि नाटकों की समस्या का केन्द्र घुमा-फिरा कर नारी या सेक्स, सेक्स या नारी है। इस केन्द्र पर ही उनके नाटकों की सारी परिधि का विश्लेषणात्मक विस्तार होता है, जिसमें ट्रेजेडी का स्वर प्रधान है। नाट्य-शिल्प के प्रयोग में उन्हें अधिक

सफलता नहीं मिली, यद्यपि पिछले नाटकों से अपेक्षाकृत उनका नाट्य-शिल्प आधुनिक और विदेशी प्रभाव से प्रभावित है। उनके अधिकांश नाटक तीन अंकों के हैं, किन्तु अंक-विधान में सन्तुलन का अभाव है। अंक के बीच ही में पर्दा उठ जाता है और दूसरा दृश्य शुरू हो जाता है। यदि प्रत्येक अंक ही एक दृश्य हो तो रंगमंच पर दृश्य प्रस्तुत करने में कठिनाई नहीं होती और नाटक का सहज प्रवाह भी भंग नहीं होता। इन नाटकों के दृश्य परिवर्तन में समय के सन्तुलन का बिलकुल ध्यान नहीं रखा गया। कार्य-व्यापार की भी शिथिलता है, क्योंकि मानसिक विश्लेषण की प्रवृत्ति के कारण पात्रों में आन्तरिक संघर्ष तो अधिक है, किन्तु उसकी बाह्य-अभिव्यक्ति नहीं होती, इसलिए अभिनय में सहज प्रभाव पैदा होना कठिन है। संवादों में कहीं-कहीं वाक्य बीच ही में टूटते नज़र आते हैं। सबसे बड़ी बात यह है कि मिश्र जी की कथा-वस्तु स्वयं अपने में एक नाटकीय इकाई नहीं होती। इस प्रकार के समस्या-नाटक, जिनमें व्यक्ति-मन और नारी-सेक्स की समस्या को आधार बनाया गया, दूसरे नाटककारों ने भी लिखे, किन्तु वे नाट्य-शिल्प के विकास में विशेष देन साबित नहीं हुए। इसके विपरीत सामाजिक समस्याओं पर लिखे गए नाटक शिल्प की दृष्टि से अधिक सफल रहे। यह स्वाभाविक भी था। नाटक स्वयं एक सामाजिक या लोकतांत्रिक कला है, उसकी शिल्प-चेतना का सम्बन्ध सामूहिक चेतना को प्रभावित करने से अधिक रहता है। उसकी इकाई या व्यक्ति चेतना के सामुदायिक होने पर ही वह अधिक स्वाभाविक और प्रभावकारी बनता है।

इस युग में सामाजिक तथा राजनीतिक समस्याओं पर नाटक लिखने वाले नाटककारों में सेठ गोविन्द दास का नाम पहले आता है। उन पर गांधीवादी राजनीति का प्रभाव है। वे समस्याओं को सामाजिक धरातल पर सरल और स्पष्ट ढंग से प्रस्तुत करके सुधारवादी आदर्शवाद से उनके समाधान का प्रयत्न करते हैं, इसलिए उनके पात्रों के अन्तर्द्वंद्व में मनोवैज्ञानिक गहराई कम है। वैसे उन्होंने भी प्रारम्भ में ऐतिहासिक और पौराणिक नाटक ही लिखे हैं। आपका पहला नाटक सन् 1935 में प्रकाशित हुआ था। उस समय तक हिन्दी का नाटक-साहित्य काफ़ी विशाल हो चुका था। वे उसकी कमियों और ख़ूबियों

से लाभ उठा सकते थे, किन्तु उन्होंने पिछले अनुभवों से नाट्य-शिल्प में कोई विशेष प्रयोग नहीं किये। दृश्य-विधान की दृष्टि से उनके नाटक सरल और स्पष्ट हैं और इसीलिए अभिनेय भी हैं, पर नाटकीयता, द्वंद्व और संवादों के सन्तुलन की कमी के कारण वे सपाट और फिसफिसे रह जाते हैं।

इनके अतिरिक्त अन्य छोटे-मोटे नाटककारों ने भी सामाजिक नाटक लिखे। किन्तु समस्याओं के सतही प्रदर्शन में ही उलझकर इन नाटकों का अन्त हो गया।

इस युग में अश्क की दृष्टि केवल वर्तमान जीवन की समस्याओं पर केन्द्रित थी। उन्होंने केवल प्रथम और वह भी एक ऐतिहासिक नाटक 'जय पराजय' लिखा और उनके बाक़ी सभी नाटक सामाजिक हैं और वर्तमान जीवन की यथार्थ समस्याओं से सम्बन्धित हैं। अश्क इस यथार्थवादी शैली के जौहरी हैं और इस शैली में उन्होंने कुछ बड़े ही उच्च कोटि के नाटक हिन्दी को दिये हैं। अश्क के 'स्वर्ग की झलक', 'छठा बेटा', 'उड़ान', 'अलग-अलग रास्ते', 'भँवर', 'अंजो दीदी' और 'पैंतरे' जैसे नाटक वर्तमान जीवन की समस्याओं को यथार्थवादी अथवा प्रतीकात्मक ढंग से प्रस्तुत करते हैं। 'क़ैद' और 'उड़ान' नारी-जीवन की दो समस्याओं के प्रतीक हैं। 'क़ैद' में अवांछित पति के साथ दाम्पत्य जीवन बिताते हुए अप्पी की ज़िन्दगी एक घुटन और मर्यादा की श्रृंखला में क़ैद है, मन उसका उड़-उड़ कर दिलीप के चारों ओर मँडराता है। और 'उड़ान' स्त्री-पुरुष के सम्बन्धों का एक समाधान है। लेखक ने संकेत से स्पष्ट कर दिया है कि आधुनिक नारी न तो पूजा की सामग्री बनना चाहती है, न सम्भोग की वस्तु और न सम्पत्ति। वह बनना चाहती है केवल संगिनी! इस युग में पुरुष के मन में नारी के प्रति अनेक परम्परा विरोधी भावनाएँ हैं—उनके प्रतीक इस नाटक में तीनों पुरुष पात्र हैं, जो नारी की वास्तविक आवश्यकता समझने में असमर्थ रहते हैं। इसी प्रकार 'स्वर्ग की झलक' आधुनिक नारी पर एक सामाजिक व्यंग्य है। 'छठा बेटा' वर्तमान समाज के मध्यवर्गीय परिवारों के स्वार्थी सम्बन्धों पर कठोर, किन्तु हास्यपूर्ण व्यंग्य का प्रहार है, जिसे पढ़कर या देखकर पाठक अथवा श्रोता

स्वयं अपनी कमज़ोरियों पर खीज उठता है। 'अलग-अलग रास्ते' में विवाह की समस्या अपनी सारी उलझनों के साथ विद्यमान है। अपने इस नाटक में अश्क ने मध्यवर्गीय धारणाओं पर बड़े ज़ोरदार प्रहार किये हैं और जहाँ यथार्थ स्थिति का चित्रण किया है, वहाँ आधुनिक नारी के मार्ग का निर्देश भी कर दिया है। इस नाटक में अपूर्व द्वंद्व, नाटकीयता और वेदना है। 'अंजो दीदी' में अश्क ने सनक की खिल्ली उड़ाई है और निर्देश किया है कि माता-पिता को चाहिए कि वे अपने बच्चों को उनकी रुचि के अनुसार जीवन-पथ पर बढ़ने दें, व्यर्थ के दमन से काम न लें और अपनी कुंठाओं को उन पर न लादें। 'पैंतरे' में फ़िल्मी जीवन की हास्य-व्यंग्य-भरी झलक है, लेकिन जैसा कि एक आलोचक ने लिखा है, 'इसके अन्तर में बड़ी ही गहरी और दारुण ट्रेजेडी छिपी है।' 'भँवर' एक आधुनिका की कुंठा का अपूर्व चित्रण प्रस्तुत करता है और चरित्र-चित्रण की दृष्टि से बड़ा ही सफल नाटक है।

कला की दृष्टि से अश्क के नाटक हिन्दी नाट्य-कला के विकास में एक सीमा चिह्न हैं। यद्यपि उनकी कला एकदम आधुनिक है और उस पर संस्कृत नाट्य-रचना के सिद्धान्तों का प्रभाव नहीं, फिर भी उन्होंने हिन्दी के पिछले नाटकों के गुण-दोषों के अनुभव से कला-चातुर्य द्वारा हिन्दी नाटक की तकनीक को नई देन दी है। उनके नाटकों में दृश्य और श्रव्य—दोनों काव्य-तत्त्व हैं। वे जितने रंगमंच की कला के गुणों से विभूषित हैं, उतने ही सुपाठ्य भी हैं। हास्य और व्यंग्य उनकी यथार्थवादी शैली को और भी शक्तिशाली बना देते हैं। 'छठा बेटा' तकनीक की दृष्टि से हिन्दी में अपने ढंग का एकमात्र सफल प्रयोग है, जिसमें एक पात्र का स्वप्न ही पूरा नाटक बन जाता है और अन्त में दर्शकों को पता चलता है कि यह तो स्वप्न था, किन्तु स्वप्न होते हुए भी हास्य और व्यंग्य के पुट से समस्या का जो यथार्थ चित्रण इस नाटक में हुआ है, वह बहुत स्वाभाविक और प्रभावशाली है। 'अंजो दीदी' का हास्य और भी खुला है, लेकिन उस हास्य-व्यंग्य के आवरण में ढकी समस्या और भी गम्भीर है। यही हाल 'पैंतरे' का है।

'जय पराजय' को छोड़कर उनके शेष सभी नाटकों में स्थान, काल

और कार्य की एकता का सहज रूप से निर्वाह किया गया है।

अश्क के नाटकों में स्वगत का प्रयोग बहुत कम है और जितना है, वह बहुत ही स्वाभाविक और नाटक की गति के अनुकूल है। उनके नाटकों के दृश्य-विधान में विविध और पूर्ण रंग-निर्देश होते हैं, जिनमें अन्य लेखकों की रचनाओं की अपेक्षा यह विशेषता रहती है कि वे न केवल निर्देशक के लिए दृश्य संकेत प्रस्तुत करने में सहायक होते हैं, बल्कि पाठक के दिमाग़ में भी नाटक के वातावरण की सृष्टि कर देते हैं और उनमें औपन्यासिक-वर्णन का रस भी होता है। कौतूहल, आकस्मिकता, कार्य-व्यापार और प्रभावशाली अन्त अश्क के नाटकों में बड़े सन्तुलन के साथ रहते हैं। चरित्र-चित्रण यथार्थवादी है और उसके उभार के लिए संकेतों का प्रयोग भी है। हल्की-हल्की फब्तियों, सांकेतिक कार्य-सम्पादन और पात्रों की अनजानी कमज़ोरियों के हल्के से उभार से, बिना अतिरंजना का अधिक सहारा लिये, अश्क बड़ी सफलता से अपने पात्रों का चित्रण कर देते हैं।

नाटक के विविध तत्त्वों के विकास के साथ-साथ अश्क के नाटकों में चरित्र का विकास होता है, उनमें एक प्रकार का परस्पर समन्वय रहता है। पिछले कुछ समस्या-नाटकों में यह दोष रहा है कि चरित्र के मनोवैज्ञानिक विश्लेषण के फेर में पड़कर नाटकीय प्रवाह में ही शिथिलता पैदा हो गई। एक बात पर विशेष ध्यान दिया, दूसरे की उपेक्षा हो गई। किन्तु अश्क इस सन्तुलन को कम ही खोते हैं और कम-से-कम समय के लिए आने वाले पात्र का चरित्र भी वे संवाद या संकेत के हल्के स्पर्श से उभार देते हैं।

इस प्रकार भारतेन्दु से अश्क तक हिन्दी नाटक का विकास कई धाराओं में होकर गुज़रा है। भारतेन्दु ने साहित्य में एक राष्ट्रीय परम्परा को जन्म दिया, प्रसाद ने उसमें सांस्कृतिक गुरुता की वृद्धि की और अश्क ने उसे यथार्थवादी कला, शिल्प और दृष्टिकोण देकर उसे आधुनिकता, सामाजिकता और उपादेयता से विभूषित कर उसका समुचित विकास किया। इस तरह ये तीनों नाटककार अपने-अपने युग की विकास प्रवृत्तियों के समर्थ प्रतीक हैं।

अश्क के नाटक और 'स्वर्ग की झलक'

रंगमंचीयता

नाटक एक अनुकरणात्मक कला है। अभिनय की मूल प्रेरणा का स्रोत जीवन का अनुकरण ही है। और यह अभिनय नाटक का प्राण है। भारत और यूनान के प्राचीन आचार्यों ने नाटक के इस अनुकरणात्मक कला-पक्ष की दार्शनिक व्याख्या की है। भारत में काव्य-शास्त्र के इतिहास में पहले काव्य का अर्थ दृश्य-काव्य से ही माना जाता था, जिसका विषय-विवेचन भरतमुनि ने भी अपने नाट्य-शास्त्र में किया है। उन्होंने काव्य की परिभाषा में 'नृत्य योज्यम्' शब्द का प्रयोग किया है, जिसका अर्थ है—नृत्य के उपयुक्त! उस समय अभिनय नृत्य का ही एक अंग माना जाता था। इस प्रकार हम देखते हैं कि नाटक के रंगमंच के अनुकूल होने की बात जो आज कही जाती है, उसका सम्बन्ध प्राचीन नाट्य परम्परा से भी है। वह अपने में कोई नई बात नहीं है। अन्तर केवल इतना है कि आज अभिनय ने नृत्य-कला से सर्वथा स्वतंत्र कला का रूप प्राप्त कर लिया है और उस कला के लिए एक रंगमंच का भी विकास हुआ है। प्राचीन काल में जहाँ अभिनय को नृत्य का एक अंग माना जाता था, आज नाटक में नृत्य को अभिनय का एक अंग माना जाता है और उसका स्थान भी गौण है।

इसलिए रंगमंच की उपेक्षा करके आज सफल नाटक लिख सकना असम्भव है। और जो नाटककार रंगमंच की उपेक्षा करके सफल नाटक लिखने का प्रयास करते हैं, उनके नाटकों में रंगमंच और अभिनय की दृष्टि से अनेक त्रुटियाँ रह जाती हैं। हिन्दी के क्षेत्र में व्यावसायिक रंगमंच के ह्रास-काल में

अच्छे नाटककारों का उदय हुआ। व्यावसायिक रंगमंचों के लिए जो नाटक लिखे जाते थे, वे काव्य की दृष्टि से अधूरे होते थे, किन्तु केवल रंगमंच की सुविधा का ध्यान रखने वाले कम्पनी के मालिक उस अधूरेपन की उपेक्षा कर जाते थे। दूसरी ओर, जो साहित्यिक नाटक लिखने वाले कलाकार थे, वे रंगमंचीय नाटकों के उथलेपन से चिढ़े हुए थे और रंगमंच को कोई सहयोग न देते थे। इसका परिणाम यह हुआ कि एक ओर तो काव्य-सौष्ठव-हीन केवल रंगमंचीय नाटक लिखे जाने लगे, जिनका आज साहित्य में कोई स्थान नहीं, दूसरी ओर साहित्यिक नाटक लिखे गए, जिनका उस समय रंगमंच पर कोई स्थान नहीं था। इस प्रकार अच्छे नाटकों और रंगमंच के बीच एक खाई पैदा हो गई। इस भेद को दूर करने का कुछ प्रयत्न भारतेन्दु-युग में ही प्रारम्भ किया गया था, जो उस युग के उत्तरकाल में विकसित नहीं हो पाया, क्योंकि उस समय तक व्यावसायिक रंगमंचों का उदय हो गया था और वे अपने उपयुक्त केवल रंगमंचीय नाटक किराये के लेखकों से लिखवाने लगे थे। प्रसाद ने इन रंगमंचीय नाटकों का विरोध किया और उनकी प्रतिक्रिया में रंगमंच की उपेक्षा करके उन्होंने साहित्यिक नाटक लिखे प्रसाद ने नारा लगाया—'नाटकों के लिए रंगमंच की रचना होनी चाहिए!' और व्यावसायिक रंगमंचों के मालिकों का नारा था—'केवल रंगमंच के लिए नाटकों की रचना होनी चाहिए!' इस प्रकार रंगमंच से हिन्दी साहित्यिक नाटक दूर होते गए और उनके बीच की खाई गहरी होती गई।

प्रसादोत्तर काल के हिन्दी नाटककारों ने इस खाई को पाटने का अथक प्रयास किया है, जिसमें अश्क का महत्त्वपूर्ण हाथ है। वैसे, आज भी कुछ साहित्यकार यह कहते हैं कि जब रंगमंच ही न हो तो रंगमंच के नाटक कैसे लिखे जाएँ? इसके उत्तर में अश्क ने 1939 ही में ठीक ही कहा था :

> यदि आज केवल रंगमंच पर खेले जाने वाले नाटक लिखे जाएँ तो कल रंगमंच भी अपनी वर्षों की नींद से जाग उठेगा। वास्तव में दोनों का आपस में गहरा सम्बन्ध है। आज भी कॉलेजों में अंग्रेज़ी से अनूदित नाटक हीं खेले जाते हैं। कारण यही है कि उन्हें अपनी

> भाषा में उत्तम नाटक नहीं मिलते। मेरा अपना विचार तथा अनुभव है कि रंगमंच को स्फूर्ति प्रदान करने का सबसे अच्छा साधन यह है कि ऐसे नाटक अधिक संख्या में लिखे जाएँ जो रंगमंच पर सुगमता से खेले जा सकें।

यह बात 'स्वर्ग की झलक' की भूमिका में अश्क ने सन् 1939 में लिखी थी। नाटक की 'साहित्यिक उत्कृष्टता' तथा 'अभिनेयता' का कलात्मक समन्वय अश्क ने अपने नाटकों में प्रस्तुत किया है। अश्क ने अपने पूर्ववर्ती नाटककारों के गुण-दोषों को देखा-पहचाना है। रंगमंच की दृष्टि से उनमें जो त्रुटियाँ हैं, उन्हें क्रमशः दूर करने का प्रयास उन्होंने अपने नाटकों में किया है।

अपने पहले ऐतिहासिक नाटक 'जय पराजय' में पूर्ववर्ती नाटकों की अपेक्षा अश्क ने रंगमंच का अधिक ध्यान रखा है, फिर भी इसमें अनेक त्रुटियाँ रह गई हैं। पहले अंक का प्रथम दृश्य लकुटीश का मन्दिर है, जो धरती के भीतर है। भूगर्भ स्थित इस मन्दिर को रंगमंच पर सुगमता से प्रस्तुत करना असम्भव है। इस नाटक में और दूसरे दृश्य-विधान भी अधूरे और त्रुटिपूर्ण हैं। यह पाँच अंकों का नाटक है, और हर एक अंक में कई-कई और बड़े-बड़े दृश्य हैं। उनके दृश्य-विधान में इतनी विविधता है और इतना अधिक स्थान-भेद है कि एक के बाद दूसरे दृश्य को रंगमंच पर प्रस्तुत करना नितान्त कठिन है। फिर भी कुछ परिवर्तन करके स्थायी सेटिंग की अपेक्षा पुरानी तरह के पर्दों की सहायता से इसे रंगमंच के योग्य बनाया जा सकता है। अश्क इस नाटक की रंगमंचीय त्रुटियों से स्वयं परिचित हैं। उन्होंने 'स्वर्ग की झलक' की भूमिका में लिखा :

> जय पराजय पुरानी शैली का नाटक था और इसलिए बहुत लम्बा था। मैंने उसे लिखते समय रंगमंच का पूरा ध्यान रखा था और जैसा कि सम्पादक 'विशाल-भारत' ने लिखा, वह खेला भी जा सकता है। पर यह बात मैं तब भी जानता था और अब भी जानता हूँ कि वह शायद ही कभी पूरे का पूरा खेला जाए। खेलने के लिए उसे काफ़ी संक्षिप्त करना होगा।

'जय पराजय' के बाद अश्क के अन्य पूर्णकालिक नाटक और एकांकी अभिनय की दृष्टि से रंगमंच के सर्वथा अनुकूल हैं। इन नाटकों में दृश्य-विधान पूरे विवरणों से युक्त हैं और स्टेज इफ़ेक्ट देने के लिए भी संकेतों का प्रयोग किया गया है। स्थान और कार्य की एकता का भी बड़ा ध्यान रखा गया है। अपने पूरे नाटकों में एक अंक में ही अनेक दृश्य दिखाने का ढंग अश्क ने सीमित कर दिया है। 'स्वर्ग की झलक' छोटे-छोटे चार अंकों का पूर्ण नाटक है, जिसमें जैसा कि पहले संकेत किया गया है, तीसरे अंक तक प्रत्येक अंक ही एक दृश्य है और केवल चौथे अंक में ही चार दृश्यों का विधान किया गया है। इन दृश्य-विधानों में केवल वस्तुओं और स्थिति का ही संकेत नहीं है, बल्कि पात्रों की वेश-भूषा, रूप और वय एवं स्वभाव का भी संकेत दिया गया है। इससे न केवल पढ़ने वालों को नाटक के दृश्य-विधान में कहानी जैसा रस आता है, बल्कि निर्देशक को भी रंग-संकेत की अनेक सुविधाएँ प्राप्त हो जाती हैं। दृश्यों के बीच में पात्रों के अभिनय व्यापार के लिए भी अनेक संकेत दिये गए हैं। दृश्य-विधान की ये विशेषताएँ अश्क के सभी नाटकों में मिलती हैं। इन रंग-संकेतों में पात्रों की वेश-भूषा और स्थिति को उनके चरित्र और स्वभाव के अनुकूल ही पेश किया गया है और संवादों, कार्य-व्यापार और वस्तुओं को नाटक में गति देने के लिए प्रतीकात्मक या संकेतात्मक ढंग से प्रयोग किया गया है, जिनकी उपस्थिति से रंगमंच पर नाटकीय प्रभाव में तीव्रता आती है।

अश्क ने अपने आधुनिक नाटकों में पर्दों का सर्वथा बहिष्कार कर दिया है। उनमें इस बात की अपेक्षा है कि सेटिंग स्थायी हो। दो-एक नाटकों को छोड़कर अश्क ने प्रयास किया है कि सारे-का-सारा नाटक एक ही सेटिंग पर खेला जा सके। यदि स्थानान्तर होता भी है तो भी इस बात की अपेक्षा है कि पर्दों के बदले स्वाभाविक अर्थात नेचुरल (natural) सेटिंग का आयोजन किया जाए। क्योंकि अभी भारत का रंगमंच साधन-सम्पन्न नहीं, इसलिए अश्क ने प्रयास किया कि सेटिंग जितने सीधे-सादे हों, उतना ही अच्छा।

रंगमंच के प्रति अश्क की इतनी सजगता उन्हें केवल सफल नाटक

लिखने के ही योग्य नहीं बनाती, बल्कि वह इस बात की भी द्योतक है कि भविष्य में नाटककारों के सहयोग ही से रंगमंच का पूर्ण विकास सम्भव है।

वस्तु-विन्यास

नाटक के तंत्र-विधान में वस्तु और उसके विन्यास का महत्त्वपूर्ण स्थान है। वस्तु के आधार पर ही नाटक का ढाँचा खड़ा होता है। प्राचीन आचार्यों ने वस्तु-विन्यास में पाँच अर्थ-प्रकृतियों, पाँच कार्यावस्थाओं और पाँच सन्धियों का विधान किया है। किन्तु आज का वस्तु-विधान इतने यांत्रिक नियमों के बन्धनों को स्वीकार नहीं करता। आज जीवन के किसी भी क्षेत्र से वस्तु का चुनाव होता है और उसे अधिक-से-अधिक स्वाभाविक रूप में विकसित करने का प्रयत्न किया जाता है। प्राचीन विधान के अनुसार सुनिश्चित नियमों के अन्तर्गत वस्तु का चुनाव करना एक सरल बात थी। क्योंकि जहाँ भी वे सुनिश्चित नियम घटित होते थे, वहाँ से ही वस्तु का चयन कर लिया जाता था और वह क्षेत्र था—समाज का सम्पन्न या शासक वर्ग। इसीलिए प्राचीन नाटकों की कथा-वस्तु का चुनाव या तो देवी-देवताओं के अलौकिक जीवन से किया गया है या राजघराने से, या धनी वर्ग से। यूनान के पुराने नाटकों, अंग्रेज़ी में शेक्सपियर के नाटकों और संस्कृत नाटकों के वस्तु-चयन के क्षेत्र उपरोक्त ही हैं। किन्तु आज का नाटककार इन सीमाओं को तोड़कर जीवन की विविधता और व्यक्ति वैचित्र्य को उसमें स्थान देने लगा है। इसका कारण समाज की राजनीतिक, आर्थिक और द्वंद्वात्मक प्रगति है, जिसने साहित्य पर भी अपना प्रभाव डाला है।

इसलिए जीवन की इस विराट विविधता के मध्य से नाटकीय वस्तु का चयन करना आज अधिक कठिन है। जो कलाकार अपने तीव्र अनुभव से इस कार्य को जितना सरल बना लेता है, उसके नाटकों की नींव उतनी ही मज़बूत होती है।

आज वस्तु का अर्थ बहुत व्यापक हो गया है। वस्तु से तात्पर्य केवल कथा-वस्तु से ही नहीं, बल्कि कथा-वस्तु के साथ रहने वाली जीवन की उस चेतना से भी है, जो उसमें गति और सजीवता पैदा करती है। 'डिस्कवरीज़' में बेन जॉन्सन ने नाटक के एक समूचे और सुनियोजित कार्य-व्यापार को वस्तु माना है। 'प्रीफ़ेस टू सैम्सन एग्नीस्टीज़' में जॉन मिल्टन ने उस कहानी को वस्तु माना है, जो स्थान, समय और कार्य की मर्यादा को निबाह सके। इस प्रकार हम देखते हैं कि वस्तु का अर्थ आज बहुत व्यापक हो गया है और इस व्यापकता को दृष्टि में रखकर प्रकृत समाज के जीवन में से नाटकीय वस्तु का चुनाव करना काफ़ी सूक्ष्म दृष्टि का कार्य है।

जो नाटककार जीवन के क्षेत्र से नाटकीय वस्तु का चुनाव नहीं कर पाते, उनके नाटकों की नींव ही कमज़ोर हो जाती है।

यों तो दिन-रात विविध प्रकार की घटनाएँ लेखक के अनुभव में आती हैं, किन्तु उन साधारण घटनाओं में से कौन-सी घटना नाटक के लिए एक आधारभूत नाटकीय इकाई बन सकती है, इसका सूक्ष्म निरीक्षण नाटककार की कला-दृष्टि के पैनेपन का परिचायक होता है। अश्क में यह पैनी दृष्टि है। वस्तु चयन का उनका अपना एक दृष्टिकोण है, जो सामाजिक और यथार्थवादी है। यही कारण है कि उन्होंने अपने अधिकांश नाटकों की कथा-वस्तु का चुनाव प्रत्यक्ष सामाजिक जीवन से किया है। केवल 'जय पराजय' उनका एक ऐसा नाटक है, जिसमें कथा-वस्तु का चुनाव भूले-बिसरे अतीत के सामन्ती उच्च वर्ग में से किया गया है।

जीवन से नाटकीय वस्तु चुनने के लिए जिस व्यापक अनुभव की आवश्यकता होती है, वह अश्क में है। इन अनुभवों के आधार पर ही उनकी कला-दृष्टि को यह ख़ूबी प्राप्त हुई है कि वे सामने घटने वाली घटनाओं में से नाटकीय तत्त्व का तुरन्त आभास पा लेते हैं। इस विषय में हिन्दी नाट्य-कला के मर्मज्ञ जगदीशचन्द्र माथुर का यह निम्नलिखित कथन सर्वथा उपयुक्त ही है :

अश्क की सबसे बड़ी विशेषता यही है कि वे उसी इकाई को चुनते हैं, जिसकी स्वाभाविक और सम्पूर्ण अभिव्यंजना नाटकीय रूप में हो सकती है, अन्यथा नहीं—वह इकाई चाहे एक असाधारण परिस्थिति हो, चाहे कोई अनोखा चरित्र, चाहे कोई भूली-भटकी याद! क्यों अश्क ऐसी ही इकाई को चुन पाते हैं?—इसका कोई एक उत्तर नहीं। शायद उनकी जन्मजात सूझ ही ऐसी अद्‍भुत है कि आधुनिक 'राडार' की भाँति आप-ही-आप नाटकीय सम्भावनाओं से सम्पन्न परिस्थितियाँ उनसे टकरा जाती हैं। शायद छात्र-जीवन में उन्होंने जो नाटक खेले, उनके तजुर्बे उनके व्यक्तित्व में सम्मिलित हो गए हैं। शायद वे खोज-मेहनत और मनन के बाद अनेक अनुभवों में से परखकर, जो उनको बिलकुल नपा-तुला जँचता है, उसे ही चुनते हैं। यह नहीं कि जो चमकती चीज़ सामने आई, उसी पर दिल फेंक बैठें, और बेदर्दी के साथ उसे नाटक के साँचे में ढाल दें।

अश्क ने अपने एक लेख में इस व्यापक अनुभव की ओर इस प्रकार संकेत किया है :

> बचपन से मेरी प्रवृत्ति नाटकों की ओर रही है। बचपन से मैंने द्विजेन्द्रलाल राय, आग़ा हश्र, राधेश्याम, रहमत आदि के नाटक पढ़े हैं, कॉलेज और कॉलेज के पश्चात् अनेक नाटकों में अभिनय किया है और बाद में, जब मैं पुस्तकें ख़रीद सका, मैंने लगभग सभी प्रसिद्ध पश्चिमी और पूरबी नाटककारों की रचनाएँ पढ़ी हैं, नाटक के आवश्यक उपादानों का परिचय पाया है, पुरातन और आधुनिक ढंग के नाटकों का अन्तर जाना है और अभ्यास से ड्रामे की कला पर अधिकार प्राप्त कर लिया है।

इस तरह अश्क ने एक ओर तो रंगमंच और नाटक की कला का शुरू से अनुभव प्राप्त किया, दूसरी ओर अपने जीवन संघर्ष में रिपोर्टर, अध्यापक, अनुवादक, सम्पादक, वक्ता, विज्ञापन विशेषज्ञ, सेल्ज़मैन, प्रकाशक, वकील,

रेडियो आर्टिस्ट, अभिनेता और सिनारिस्ट आदि के रूप में जीवन के विविध अनुभव प्राप्त किये हैं। इस प्रकार कला और जीवन, दोनों के व्यापक अनुभव से उनकी जिस कला-दृष्टि का निर्माण हुआ है, वही वस्तु के निर्वाचन में अपना चमत्कार दिखाती है।

अश्क ने प्रत्यक्ष जीवन के अनुभव से ही अपने सामाजिक यथार्थवादी नाटकों के लिए वस्तु चयन किया है। मध्यवर्गीय जीवन की सामाजिक और पारिवारिक विविध समस्याएँ ही उनका आधार हैं। जैसा उन्होंने जीवन में देखा, उसे नाटकों में यथार्थवादी कलात्मक ढंग से प्रस्तुत किया। उनके नाटकों में रिपोर्टर, सम्पादक, डॉक्टर, नेता, अभिनेता, क्लर्क आदि समाज के विविध प्रतिनिधि वर्ग-रूपों का चित्रण हुआ है। मध्यवर्गीय जीवन की कमज़ोरियों और अभिजातवर्गीय सनकों पर उन्होंने व्यंग्य भी कसे हैं। अपने नाटकों के लिए वस्तु-ग्रहण की प्रेरणा प्रत्यक्ष जीवन से उन्हें किस प्रकार मिलती है, इसके उदाहरण उन्होंने 'मैं नाटक कैसे लिखता हूँ' में दिये हैं :

> मैं सर्वप्रथम नाटक की थीम अर्थात आधारभूत विचार खोजता हूँ अथवा यों कहिए कि नाटक का आधारभूत विचार पहले मेरे दिमाग़ में आता है। किन्तु कई बार ऐसा भी होता है कि इस आधारभूत विचार से पहले किसी मनोरंजक पात्र अथवा दृश्य को देखकर मेरे मन में उसे नाटक का अंग बनाने की इच्छा उत्पन्न होती है और यही इच्छा नाटक लिखने को प्रेरित करती है।
>
> **म्हारा जंगल का सब साज सदा रहती है दूब हरी**
>
> चरवाहों के इस सरल, स्वतंत्र गीत ने मुझे 'चरवाहे' लिखने पर विवश किया। मैं रेडियो स्टेशन दिल्ली के देहाती विभाग में बैठा हुआ था, जब पंडित हृदयराम ने मुझे यह गीत अपने विशेष 'हरयाने' के स्वर में गाकर सुनाया। मुझ पर ऐसा प्रभाव हुआ कि इसी गीत को पृष्ठभूमि में रखकर मैंने 'चरवाहे ' का सृजन किया।

वर्षा-ऋतु की एक भीगी-भीगी सुबह मैं ज़रा तड़के सब्ज़ी मंडी दिल्ली के समीप रिज्ज पर सैर करने गया। बादल अभी-अभी छँटे थे, पर बड़ी नन्ही-नन्ही फुहार पड़ रही थी। उस ठंडे, भीगे, प्रकाश-धुले धुँधलके में मैं 'पीर ग़ायब' के मज़ार पर चढ़ा। नीचे वन के पेड़ जैसे अन्तर के उल्लास से झूम रहे थे और पहाड़ी पर ऊपर से नीचे को जाती हुई भीगी-भीगी सड़कें प्रातः के उजियाले में चाँदी की नन्ही-नन्ही नदियाँ-सी लग रही थीं। तभी सहसा मेरे मन में विचार उठा कि ऐसा भी व्यक्ति हो सकता है, जो इतने सौन्दर्य के निकट होते हुए भी उसका दर्शन न कर पाए और विद्युत की-सी गति से मेरे एक मित्र की लड़की का मुख मेरी आँखों में कौंध गया, जो छह वर्ष रीढ़ की हड्डी के नासूर से बिस्तर पर बँधी पड़ी रही थी। वही लड़की 'चिलमन' की किरण बनी और उस सौन्दर्य को एक नज़र देखने के लिए छटपटाती रही।

फिर एक बार नाटक का विचार मेरे मन में 'ग़ालिब' के प्रसिद्ध शेर—क़ैदे-हयात-ो-बन्दे-ग़म...को पढ़कर उत्पन्न हुआ। मैं जब भी 'ग़ालिब' का दीवान लेकर बैठता, प्रायः इस ग़ज़ल को पढ़ता। बार-बार पढ़ने से यह शेर मेरे मन-मस्तक पर अंकित हो गया और फिर इसी ने जीवन की एक पूरी ट्रेजेडी का रूप धारण कर लिया।

शेरों, गीतों और सुन्दर दृश्यों के अतिरिक्त कई बार मनोरंजक पात्र भी मुझे नाटक लिखने की प्रेरणा देते हैं। 'अंजो दीदी' आज भी मेरे सम्मुख है। 'छठा बेटा' सौ पृष्ठ का यह नाटक मैंने एक पात्र ही को देखकर लिखा। इसी प्रकार 'भँवर' और 'चुम्बक' विभिन्न पात्रों के किसी-न-किसी नाटकीय पक्ष ही का चित्रांकन करते हैं।

केवल वस्तु के चुनाव में ही नहीं, वस्तु-विन्यास और वस्तु-सामंजस्य में भी अश्क ने अपने शिल्प-चातुर्य का परिचय दिया है। शास्त्रीय दृष्टिकोण से वस्तु-विन्यास को कार्यावस्थाओं, अर्थप्रकृतियों और सन्धियों में नियंत्रित

किया गया है। अश्क के नाटकों में इन नाट्य-शास्त्रीय नियमों का नियंत्रण स्वीकार नहीं किया गया और वे आधुनिकतम कला के नमूने हैं। वस्तु-विन्यास में नाटक के प्रारम्भ से लेकर अन्त तक शिल्प-रचना की सभी प्रक्रिया आ जाती है। कथा-वस्तु को पात्रों के चरित्रों के अनुकूल स्वाभाविक ढंग से आगे बढ़ाते हुए वस्तु-विन्यास-क्रम में लगभग ये सभी बातें आ जाती हैं। प्राचीन नाट्य-शास्त्र में इस विषय के जो नियम बनाए गए, वे भी नाट्य-रचना के उस क्रम को देखकर ही बनाए गए होंगे।

आज के नाटककारों और आलोचकों ने जीवन की प्रगति के साथ-साथ प्राचीन नाट्य-शास्त्र के उन यांत्रिक नियमों को तो त्याग दिया, जो नाटकों की नई प्रगति में बाधक थे, किन्तु नाट्य-रचना की परम्परागत विशेषताओं से अपना सम्बन्ध नहीं छोड़ा। अश्क के पहले नाटक 'जय पराजय' की वस्तु और उसके विन्यास में प्राचीन नियमों के अनुसार अनेक गुण-दोष मिल सकते हैं। इसमें प्राचीन नाटकों की तरह मंगलाचरण दिया गया है और वस्तु का चुनाव भी सम्पन्न वर्ग के उच्च कुल से ही किया गया है। नायक को आदर्शवादी रूप में प्रस्तुत किया गया है। साथ में एक प्रतिनायक और एक खलनायक भी है। यद्यपि इस नाटक में स्वगत का बहुत कम प्रयोग हुआ है, फिर भी अनेक पात्र एकान्त में स्वगत भाषण करते हैं। कथा-वस्तु को पाँच अंकों में बाँटा गया है और उनमें कई-कई दृश्य हैं। यद्यपि दृश्यों का विधान नवीन ढंग से किया गया है, फिर भी प्रत्येक अंक में ऐसे कई-कई दृश्य उपस्थित किये गए हैं, जो वस्तु-विन्यास में सहायक नहीं होते। पहले अंक में तो केवल पात्रों का परिचय ही दिया जाता है, जिसके लिए इतने बड़े अंक के सृजन की आवश्यकता नहीं थी। पहले अंक में कई दृश्य आधिकारिक वस्तु से सीधा सम्बन्ध नहीं रखते। कथा का वास्तविक प्रारम्भ तो दूसरे अंक से होता है। 'जय पराजय' के वस्तु-विन्यास में अनावश्यक विस्तार का दोष है, जो अस्वाभाविक परिस्थितियों को उपस्थित करता है।

'जय पराजय' के बाद के नाटकों में वस्तु को बड़े ही सुगठित और सुचारु रूप से विन्यस्त किया गया है और उनका शिल्प-आधार भी नितान्त

आधुनिक है। उनमें देश, काल और कार्य की मर्यादाओं का सन्तुलन है। आधिकारिक वस्तु सुगठित है और उसमें विस्तार दोष नहीं है। एक तो उपवस्तु और प्रासंगिक कथाओं की उनमें सृष्टि नहीं की गई है और यदि वे कहीं पर आई भी हैं तो मुख्य वस्तु को विकसित करने के कार्य में स्वाभाविक ढंग से योग देने के लिए ही।

कार्य-व्यापार और आकस्मिकता का भी विशेष ध्यान रखा गया है। इन नाटकों के दृश्य-विधान भी काफ़ी विवरणपूर्ण और स्पष्ट हैं और वे नाटक की स्वाभाविक परिस्थिति एवं वातावरण के सूचक हैं।

कथा-वस्तु का प्रारम्भ, मध्य और अन्त चरित्रों के स्वाभाविक कार्य-व्यापार में क्रमिक रूप से विकसित होता हुआ, नाटक के उद्देश्य को अन्त में प्रतिफलित करता है। अश्क के नाटकों में वस्तु-विन्यास का यही विकास-क्रम है। प्राय: सर्वत्र यही विकास-क्रम मिलता है। 'स्वर्ग की झलक' और 'छठा बेटा' जैसे नाटकों के कार्य-व्यापार में चाहे इतनी तीव्र गतिशीलता न हो, किन्तु उनमें सुगठित विकास का क्रम है और इच्छित प्रभाव को प्रतिफलित करने में वह क्रम सार्थक हुआ है।

अश्क वस्तु के विन्यास में केवल कला को ही आगे नहीं बढ़ाते, बल्कि चरित्रों और उनके माध्यम से विचार-वस्तु के रूप को भी निखारते चलते हैं। वे नाटक के विभिन्न तत्त्वों का समन्वय करके वस्तु को एक सुगठित रूप देते हैं और अन्त तक उसे उद्दिष्ट प्रभाव उत्पन्न करने में समर्थ कर देते हैं। अश्क के वस्तु-विन्यास के क्रम में ऐसा नहीं होता कि वस्तु के प्रारम्भिक भाग में वे किसी समस्या या जटिल मनोवैज्ञानिक ग्रन्थि को प्रस्तुत करें और फिर उसका उद्घाटन। वे प्रारम्भ और अन्त तक पहुँचकर पूरे नाटक को इच्छित प्रभाव से युक्त कर देते हैं। अश्क इस क्रम से पात्र, वस्तु और रस के सन्तुलन का विशेष ध्यान रखते हैं। संक्षेप में हम कह सकते हैं कि उनका वस्तु-विन्यास नाटक के विभिन्न तत्त्वों को अपने में समाते हुए एक वैज्ञानिक विकास-क्रम और शिल्प-चातुर्य के साथ होता है।

नाटक के प्राचीनतम और प्रारम्भिक रूप के सूत्र सम्भाषणों से प्राप्त होते हैं। ऐतिहासिक दृष्टि से आज की विकसित नाट्य-कला का बीज वैदिक संवादों में देखा गया है। इस प्रकार संवाद और सम्भाषण, नाट्य-कला की मूल और आदि प्रेरणा हैं।

साहित्य के अन्य रूपों की अपेक्षा नाटक में संवादों का अधिक महत्त्व है। क्योंकि उपन्यास, कहानी तथा कविता, आदि में लेखक को प्रत्यक्ष और अप्रत्यक्ष रूप से अपनी बात कहने का भी अवसर मिलता है। किन्तु नाटकों में लेखक को यह सुविधा नहीं रहती और अभिनय के अतिरिक्त पात्रों की वाणी ही अभिव्यक्ति का एकमात्र साधन होती है। रंगमंच पर चाहे पात्रों का परिचय देना हो, नई परिस्थिति की सूचना देनी हो, कथा को आगे बढ़ाना हो, पात्रों का अन्तर्द्वंद्व प्रकट करना हो—सबके लिए विभिन्न रूपों में संवादों का प्रयोग करना पड़ता है। संवाद नाटक के विभिन्न रासायनिक द्रव्यों को एक सूत्र में मिलाकर नाट्य शरीर को सजीवता प्रदान करते हैं और उसे प्रभावशाली बनाते हैं। रेडियो नाटक संवादों द्वारा नाट्य-सृष्टि का सफल उदाहरण है। रेडियो-नाटक को शरीर-हीन अभिनय कहा जा सकता है और जब इस अशरीरी वाणी के अभिनय को रंगमंच पर साकारता प्रदान की जाती है, तब नाट्य-पुरुष का पूर्ण व्यक्तित्व अपने समस्त सौष्ठव के साथ दर्शकों पर अपना प्रभाव डालता है।

इस प्रकार, वस्तु-विन्यास और उद्देश्य के समष्टिगत प्रभाव को पूर्ण बनाने के लिए संवाद नाटक का एक उपयोगी अंग है। संवादों के द्वारा ही नाटककार विशेष रूप से अपने पात्रों का चरित्र-चित्रण करता है। चरित्रांकन में स्वकथन और अन्य पात्रों के संवाद विशेष प्रकाश डालते हैं। जैसे जीवन में एक-दूसरे की बातचीत से हम बातचीत करने वालों के स्वभाव और चरित्र का आभास पा जाते हैं, उसी प्रकार नाटक में भी पात्रों की बातचीत उनके स्वभाव और चरित्र का आभास देती है। इसीलिए संवादों का पात्रानुकूल और स्वाभाविक होना आवश्यक है। यदि पात्र का संवाद उसके चरित्र का प्रतिनिधित्व

नहीं करता तो वह नाटक में अस्वाभाविकता पैदा करता है। अश्क ने संवादों की स्वाभाविकता का बहुत ध्यान रखा है। उन्होंने प्रसाद की तरह प्रत्येक पात्र के मुँह से अपने प्रकार की एक ही तरह की भाषा का प्रयोग नहीं कराया है, अपितु पात्रों के अनुकूल ही संवादों को इस प्रकार गढ़ा है कि उनकी भाषा लेखक द्वारा आरोपित कृत्रिम भाषा नहीं जान पड़ती। अश्क के नाटकों की भाषा चलती हुई, मुहावरेदार और टकसाली होती है तथा पात्र और समय के सर्वथा अनुकूल रहती है।

अश्क ने संवादों का प्रयोग अनुपस्थित घटना या अनुपस्थित पात्र का साक्षात् करने के लिए बड़े स्वाभाविक ढंग से किया है। ऐसे संवाद नाटक की कथा-वस्तु की पृष्ठभूमि का परिचय तो देते ही हैं, साथ ही उसकी गति में भी सहायक होते हैं।

अश्क के नाटकों के प्रारम्भिक भाग में संवादों द्वारा आगे की घटनाओं और चरित्रों के प्रति एक जिज्ञासा और कौतूहल पैदा कर दिया जाता है। 'स्वर्ग की झलक' नाटक के पहले अंक में ही समस्या को और कथा के प्रारम्भिक सूत्र को संवादों के माध्यम से प्रस्तुत कर दिया गया है।

संवाद कार्य-व्यापार को भी प्रेरित करते हैं। कार्य-व्यापार में ऐसे संवाद नई गति प्रदान करते हैं। अश्क के नाटकों में ऐसे संवाद अनेक स्थानों पर मिलते हैं, जो पात्रों के कार्य-व्यापार को और साथ ही कथा को नया मोड़ देते हैं।

पात्रों के कार्य-व्यापार की स्वाभाविक स्थिति के अनुकूल संवाद होने पर ही संवादों का अभिनयात्मक प्रभाव उत्पन्न होता है। स्वगत संवादों की प्राचीन परम्परा में इस बात का ध्यान नहीं रखा जाता था। कभी एकान्त में ही पात्र अपना राग आलापने लगता था और कभी दूसरे पात्रों की उपस्थिति में इस प्रकार से स्वगत-भाषण करता था कि जैसे अपनी बात केवल वही और दर्शक सुन रहे हैं, शेष पात्र बधिर हैं। प्रसाद के नाटकों में संवादों का यह दोष अधिक है। अश्क ने नाटकीय परिस्थिति के अनुसार संवादों को रखने की सजगता दिखाई और इसीलिए स्वगत का भी प्रयोग उन्होंने कहीं पर अस्वाभाविक ढंग से नहीं किया। जहाँ पात्र अपने अतीत या अपने वर्तमान के विषय में स्वकथन करते

भी हैं, वहाँ उसका कोई-न-कोई नाटकीय कारण अवश्य होता है।

दृश्य-विधान और वातावरण का चित्र खींचने के लिए भी अश्क ने संवादों का प्रयोग किया है। रंगमंच पर निर्देशक ऐसे दृश्यों का आयोजन करता है, जो कथा की परिस्थिति और वातावरण को प्रभावित करते हैं, किन्तु पात्रों के संवाद, जो वातावरण के प्रभाव को प्रकट करते हैं, दृश्यों में और अधिक सजीवता पैदा कर देते हैं। वे दृश्य और वातावरण से होने वाली पात्रों की मानसिक प्रतिक्रिया का भी परिचय देते हैं।

अश्क के संवादों की सबसे बड़ी विशेषता है—उनमें यथास्थान हास्य और व्यंग्य का पुट। सामाजिक यथार्थ के तीखेपन का उद्घाटन वे ऐसे ही संवादों से करते हैं। जैसे 'स्वर्ग की झलक' के दूसरे अंक में सहसा रघु के आ जाने पर अपनी स्थिति को छिपाने के लिए मि. अशोक कहते हैं :

> चीख़ रहा हूँ? क्या करूँ, बीस बार कहा है कि भाई तुम आराम करो। समय पर एक घड़ी का आराम, बाद को एक वर्ष की मुसीबत से बचाता है। पर ये मानतीं ही नहीं। स्वास्थ्य इनका ख़राब है, रात में सोईं नहीं, पर ज्योंही सुबह मैंने बताया कि तुम्हारा खाना है तो झट रसोईघर में जा बैठीं। मैं तरकारी लेने गया था, मेरे आते-आते इन्होंने खीर बना डाली। खीर बनाने में तो सीता जी को बस, कमाल हासिल है...

यह कथन दर्शकों को हँसाते-हँसाते लोट-पोट तो कर ही सकता है, साथ ही श्रीमती अशोक जैसी महिलाओं पर कठोर व्यंग्य भी करता है। इस एक हास्य और व्यंग्य भरे संवाद से नाटक में नई गति आ जाती है।

संक्षेप में अश्क के संवाद चुटीले, टकसाली, प्रवाहपूर्ण और मुहावरेदार, पात्र तथा समय के अनुकूल और चरित्र-चित्रण को स्वाभाविक बनाने और नाटक की गति को बढ़ाने में सहायक होते हैं। कहीं उनकी प्रतीकात्मकता और कहीं उनका हास्य-व्यंग्य मन मोह लेता है। एक विद्वान आलोचक ने ठीक ही कहा है :

अश्क के नाटक बोलियों का अजायबघर हैं। भाषा पर इस विलक्षण अधिकार ने अश्क की प्रहसन-शैली को चार चाँद लगा दिये हैं। नाटककार अश्क के हाथ में संवाद ऐसे औज़ार हैं, जिनसे वे न केवल पात्रों को इच्छानुकूल गढ़ते हैं, वरन् नाटक की इमारत को बड़ी सफ़ाई से उठाते और शिखर तक पहुँचाते हैं।

चरित्र-चित्रण

साहित्य चाहे जीवन की आलोचना हो, चाहे जीवन का प्रतिबिम्ब या जीवन के रहस्यों को उद्घाटन करने वाला, उसकी सजीवता मानव-जीवन के वैविध्य से अनिवार्य रूपेण सम्बन्धित रहती है। इसीलिए सूत्र रूप में कहा जाता है कि साहित्य का उद्देश्य मनुष्य है। साहित्य के विविध रूपों—उपन्यास, कहानी, कविता या नाटक—में जीवन का प्रतिबिम्ब या उसके रहस्यों का उद्घाटन विविध मानव व्यक्तित्वों के चित्रण द्वारा होता है। अन्तर्द्वंद्व और कार्य-व्यापार, रूढ़ियाँ और अन्तर्विरोध, वर्गीय रूप और जातीय संस्कार, सामाजिक चेतना और वैयक्तिक अहं-भाव, नीति-अनीति का संघर्ष और परिस्थितिजन्य अवसरवादिता, प्रकृत जीवन और उसमें सामाजिक यथार्थ का अन्वेषण—ये सब अनेक रूपों में रूपायित व्यक्तित्वों के विविध रासायनिक द्रव्य हैं, जिनके सन्तुलित मिश्रण और कलात्मक प्रतिफलन से साहित्य के सजीव व्यक्तित्व की सृष्टि होती है। साहित्य व्यक्तित्व की रचना मानव-जीवन के अनेक व्यक्तित्वों का समुच्चय ही है। आज साहित्य में व्यक्तित्व की प्रतिष्ठा—चाहे वह सामाजिक हो या एकांगी वैयक्तिक—का साधन चरित्र-चित्रण है। इसीलिए नाटक या उपन्यास के उद्दिष्ट प्रभाव की प्राप्ति (नाट्य-शास्त्र की दृष्टि में रस-निष्पत्ति या फलागम) के लिए चरित्र-चित्रण जहाँ एक साधन है, वहाँ सजीवता और स्वाभाविकता की प्राप्ति के लिए अपने में एक साध्य भी है।

चरित्र-चित्रण साधन इस अर्थ में है कि वह नाटक के विकास, उसके आधारभूत विचार के व्यक्तिकरण, उसके उद्दिष्ट प्रभाव की उत्पत्ति और उसे

'क्लाईमैक्स' (चरम बिन्दु) तक पहुँचाने का एक सहायक तत्त्व बनकर प्रयुक्त होता है और साध्य इस अर्थ में है कि वह नाटक में सजीवता और स्वाभाविकता लाने का एकमात्र माध्यम है। क्योंकि चरित्र के बिना केवल वातावरण या घटना के वर्णनात्मक-चातुर्य से जीवन के व्यापक रूप को रंगस्थल पर प्रकट नहीं किया जा सकता, जीवन के विविध रूपों के अनुकरण—अभिनय की प्रतिष्ठा नहीं हो सकती और इस प्रकार जीवन के जिस स्वाभाविक चित्रण द्वारा नाटक का जो तादात्म्य सहृदय सामाजिक के साथ स्थापित होता है या रस का साधारणीकरण होता है, वह नहीं हो सकता।

नाट्य-रचना के विकास में चरित्र-चित्रण का महत्त्व इस युग के नाटकों की विशेषता है। अधिकांश देशों के प्रारम्भिक नाटकों में एक सुनिश्चित नियम के अनुसार एक विशेष वर्ग के पात्रों को उपस्थित करना ही चरित्र-चित्रण का यांत्रिक रूप था, इसलिए उस समय के नाटकों में लगभग एक जैसे नायक-प्रतिनायक मिलते हैं और उनके गुण-कर्म भी लगभग मिलते-जुलते हैं। साधारणतया देखा गया है कि ऐसे नाट्य-शास्त्रीय नाटकों में एक प्रधान नायक के गुण-कर्म-प्रदर्शन पर ही नाटक में ज़ोर दिया जाता था और दूसरे पात्र उसके सहायक मात्र होते थे। रस-निष्पत्ति भी इसी क्रम से सम्भव थी, क्योंकि एक विशेष रस का आश्रय एक प्रधान पात्र हो सकता था, शेष सब उसके आलम्बन और उद्दीपन। इस यांत्रिक ढंग का परिणाम यह हुआ कि प्रारम्भ के नाटक एक विशेष वर्ग यानी सामन्ती उच्चवर्ग के जीवन के कृत्रिम चित्रण का साधन मात्र बनकर रह गए।

किन्तु धीरे-धीरे कला के इन सामन्ती और धार्मिक नियमों से नाटक को मुक्ति प्राप्त हुई। ज्यों-ज्यों समाज का द्वंद्वात्मक विकास होता गया और समाज पर से सामन्ती उच्चता की छाप मिटती गई, त्यों-त्यों कला के संस्कारों और कलाकार की चेतना तथा दृष्टिकोण में भी परिवर्तन होते गए। पूँजीवादी युग में नाटकों का आधार एक राष्ट्रीय चेतना बन गई है, जिसने नाटकों में जीवन-वैविध्य और व्यक्ति-वैचित्र्य को स्थान दिया। उसके बाद वर्गीय समाज के अन्तर्विरोध और वर्ग-रूप ज्यों-ज्यों स्पष्ट होते गए, त्यों-त्यों नाटककार

का दृष्टिकोण भी सामाजिक यथार्थ की ओर अग्रसर होता गया। उसने अब अपने नाटकों में बिना किसी पूर्वग्रह के समाज के सही रूप का चित्र खींचने के लिए, जीवन के ऊँचे-नीचे, शोषक-शोषित—सभी वर्गों से पात्रों का चुनाव और उनका चरित्र-चित्रण करना शुरू कर दिया है।

प्रसाद युग के तथा प्रसादोत्तरकाल के प्रथम चरण के प्राय: अधिकांश नाटक राष्ट्रीय तथा नैतिक भावना के आधार पर पौराणिक और ऐतिहासिक लिखे गए। उनके पात्र सामन्ती जीवन से सम्बन्धित हैं। उनका चरित्र-चित्रण भी नाट्य-शास्त्र के सामन्ती नियमों की रीति-परम्परा के बहुत कुछ अनुकूल है, यद्यपि उनमें आधुनिकता के नवीन चरण-चिह्नों की छाप भी अंकित है। ऐतिहासिक सामन्ती और पौराणिक धार्मिक चरित्रों में तत्कालीन वर्तमान की, राष्ट्रीय जागरण की चेतना-छाया को दिखाने की कोशिश की गई है, इसलिए उनके विचार तत्त्व का कुछ अंश आधुनिक है और चरित्र के संस्कार—शिल्पगत और वस्तुगत—दोनों ही सामन्ती, आदर्शवादी या प्राचीन नाट्य-शास्त्रीय हैं।

इस श्रेणी में अश्क का पहला नाटक 'जय पराजय' आता है, जो मध्ययुगीन भारतीय राजपूत जीवन से सम्बन्धित है। चरित्र-चित्रण के रूप में इसमें सामन्ती व्यक्तित्व के विविध रूप उपस्थित किये गए हैं। इस नाटक के प्रधान पात्र या नायक चंड का चरित्र अतिरंजित रूप से आदर्शवादी है।

आदर्शवादी अतीतोन्मुखता से यथार्थवादी वर्तमानोन्मुखता की ओर बढ़ने की सजग प्रवृत्ति अश्क में प्रारम्भ से ही थी। नाटक का मुख्यत: सम्बन्ध भी वर्तमान से ही है। उसमें उपस्थित किया जाने वाला इतिहास और अतीत भी वर्तमान का ही शरीर धारण करके प्रस्तुत होता है। अश्क की यथार्थवादी वर्तमानोन्मुखता के सफल परिणाम उनके सामाजिक नाटक हैं, जिनमें आज के सामाजिक जीवन के विभिन्न व्यक्तित्वों का चरित्रांकन हुआ है। अश्क ने 'स्वर्ग की झलक' की भूमिका में अपनी इस यथार्थवादी वर्तमानोन्मुखता को इस प्रकार स्पष्ट किया है :

> मेरे अपने विचार में आज हमें सामाजिक नाटकों की अधिक आवश्यकता है। ऐतिहासिक नाटकों का प्रचार सब देशों में प्राय:

उस समय होता रहा, जब उनकी सामाजिक समस्याएँ इतनी विषम न थीं, या उन समस्याओं को समझने तथा उनका मनन करने की प्रवृत्ति उनमें नहीं थी, या उनकी सामाजिक स्थिति इतनी दुखद थी कि उससे भागकर वे उपने उज्ज्वल अतीत में कुछ क्षण के लिए जा बसना, उसके सुख-वैभव में अपने-आपको विस्मृत कर देना ही श्रेयस्कर समझते थे। भारत में पिछला युग प्राय: ऐतिहासिक नाटकों का युग रहा है और उसका मूल कारण यही वर्तमान से भागकर अतीत में जा बसने की प्रवृत्ति है।

इसलिए अश्क ने 'जय पराजय' को छोड़कर बाक़ी सभी नाटक वर्तमान समाज की विभिन्न समस्याओं को लेकर लिखे हैं और उनमें आज के जीवन के विविध चरित्रों के अंकन के साथ-साथ संश्लिष्ट रूप से समस्याओं की विविधता को विषय-वस्तु में उपस्थित किया है।

साहित्य में प्रत्यक्ष जीवन के यथार्थ चरित्रों की सृष्टि करना कला-साधना का कठिन पहलू है। जो कलाकार इसमें जितना सिद्ध होगा, उसकी कला भी उतनी सिद्धि प्राप्त होगी। यदि चरित्रांकन प्रकृत हो तो इतनी कठिनाई न हो, किन्तु यथार्थ चरित्रांकन समाज की जागरूक समस्याओं से संश्लिष्ट सम्बन्ध रखता है। प्रतिनिधि चरित्रों को समस्याओं से अलग रखकर यथातथ्य रूप में उपस्थित नहीं किया जा सकता। चरित्र में समस्याओं का सहज परिपाक और समस्याओं की पृष्ठभूमि में चरित्र का सहज अंकन, यथार्थ चरित्र-चित्रण की सबसे बड़ी समस्या है। चरित्र के वर्ग-रूपों का यथार्थ अंकन आज के नाटकों में चरित्र-चित्रण की सफलता की कसौटी है। वर्ग-युक्त समाज के अन्तर्विरोधों और विषम समस्याओं के सतही सम्बन्धों में छिपे वर्ग-भेद का उद्घाटन यथार्थ चरित्रांकन से ही होता है। जो लेखक अपने नाटक के पात्रों के चरित्रों में समस्याओं के अन्तर्निहित वर्ग-भेद का जितना सफल उद्घाटन करता है, वह उतना ही यथार्थ चरित्रांकन करता है। इस दृष्टि से अश्क के नाटक अधिक यथार्थवादी हैं।

अश्क ने समाज की विभिन्न समस्याओं का उद्घाटन चरित्रों के सहज

विकास-क्रम के माध्यम से किया है। समस्याओं को न तो पात्रों पर आरोपित किया गया है और न पात्रों को नाटक की विचार-वस्तु का यंत्र बनाया गया है, बल्कि विचार-वस्तु और पात्र एक-दूसरे से स्वाभाविक रूप से संश्लिष्ट हैं। जागरूक लेखक के सामने सबसे पहले समाज की समस्याएँ आती हैं, उनसे वह एक विचार-सूत्र निकालता है और उस विचार-सूत्र को उसे साथ ले चलने की अनुकूलता रखने वाले पात्रों के हाथों में सौंप देता है और फिर विचार-वस्तु का विकास और उद्घाटन इन पात्रों के चरित्र विकास में ही होता है।

चरित्रांकन की सफलता लेखक के विविध जीवनानुभवों पर अवलम्बित है। जीवन के विविध कार्य-व्यापारों की प्रत्यक्ष और निकट अनुभूति पात्रों के कार्य-व्यापारों को सजीवता और यथार्थता प्रदान करती है। अश्क को मध्यवर्गीय जीवन के विविध रूपों का निकट-अनुभव है। उन्होंने 'आदि मार्ग' की भूमिका में लिखा है :

> मैंने जीवन की विभिन्नता का आभास पाया है और थोड़ा-बहुत अनुभव भी प्राप्त किया है। समाचार-पत्र के एक साधारण रिपोर्टर के रूप में जीवन संघर्ष आरम्भ करके मैंने अध्यापक, अनुवादक, सम्पादक, वक्ता, विज्ञापन-विशेषज्ञ, सेल्ज़ एजेंट, वकील, रेडियो-आर्टिस्ट, अभिनेता, सिनारिस्ट की हैसियत से भाँति-भाँति के अनुभव प्राप्त किये हैं, भाँति-भाँति के लोगों से मिला हूँ और असंख्य सुखद अथवा दुखद घटनाएँ मेरे मस्तिष्क में सुरक्षित पड़ी हैं।

इस व्यापक जीवनानुभव से ही अश्क ने अपने नाटकों में यथार्थ चरित्रों की सृष्टि की है। एक सजग कलाकार की तरह वे भी पहले विचार-वस्तु को अपने सामने रखते हैं, फिर उसके अनुकूल पात्र को समाज से चुनकर—दोनों का एकीकरण करते हैं। अश्क ने 'आदि मार्ग' की भूमिका में लिखा है :

> कोई भी पात्र, चाहे वह कितना ही मनोरंजक क्यों न हो, शायद ही अपने यथार्थ रूप में नाटक का अंग बनता है। आधारभूत विचार की आवश्यकता के अनुसार उस पर रंग चढ़ जाता है।

यहाँ पर शायद अश्क जी ने 'यथार्थ रूप' का प्रयोग प्रकृत के अर्थ में ही किया है, क्योंकि आधारभूत विचार भी लेखक की सामाजिक अनुभूति का सार है और पात्र भी उसी सामाजिक जीवन का अंग, जो आधारभूत विचार का प्रेरक होता है और दोनों मिलकर ही साहित्य के चित्रांकन को यथार्थ बनाते हैं एवं सजीवता पैदा करते हैं। इसलिए जीवन की समस्याओं और विचारों की तीव्रता का उद्घाटन यदि नाटक में चरित्रों के माध्यम से नहीं होता तो उसके स्वाभाविक शिल्प-विकास में तो शिथिलता आती ही है, साथ ही चरित्रांकन में यथार्थता नहीं पैदा होती। चरित्रांकन की यथार्थता समस्याओं और समस्याओं से उत्पन्न आधारभूत विचारों से घनिष्ठ सम्बन्ध रखती है। विचारों और समस्याओं का उद्घाटन जिस चरित्रांकन में नहीं होता, वह निर्जीव, निरर्थक और प्रकृत होता है, सामाजिक जीवन का प्रतिनिधि और यथार्थ नहीं! क्योंकि विचार और समस्या का स्रोत जीवन है और साहित्य में जीवन का एकमात्र प्रतीक होता है पात्र—अर्थात मानव-व्यक्तित्व। आधारभूत विचार लेखक के दृष्टिकोण का परिचायक होता है। उसमें उसके चिन्तन का सार भी निहित रहता है, किन्तु उसे साहित्य में सजीवता प्रदान करने के लिए वह जीवनानुभव में आए व्यक्तित्वों को चरित्र बनाता है। इस क्रम में ही वह अपने शिल्प-चातुर्य का चमत्कार दिखाता है। अश्क इस कला में दक्ष हैं। उन्होंने लिखा है :

> कई बार आधारभूत विचार कहीं से मिलता है और पात्र कहीं से और दोनों एक-दूसरे में समा जाते हैं।[1]

फिर भी दोनों का स्रोत एक ही है—और वह है जीवन। इसीलिए दोनों के एक-दूसरे में समा जाने से साहित्य में सजीवता पैदा होती है, साहित्य-सृष्टि के लिए वे एक-दूसरे के पूरक हैं और एक-दूसरे का समन्वय करने में ही लेखक का शिल्प-चातुर्य है। साहित्य में चरित्र-सृष्टि के इस क्रम में, जीवन में अनुभूत पात्रों के प्रकृत रूप बदल जाते हैं। अश्क ने इस बात को इस रूप में प्रकट किया है :

---

1. मैं नाटक कैसे लिखता हूँ।

कई बार किसी पात्र के कृत्य का कारण ढूँढ़ने और पाने के प्रयास में उसका प्रकट रूप ही बदल जाता है और वह अपने आन्तरिक रूप में अथवा उस रूप में कि जिसमें मैं उसे देखता हूँ, नाटक का अंग बन जाता है।

इस प्रकृत जीवन से ग्रहण किये गए पात्र लेखक की यथार्थवादी सूक्ष्म दृष्टि के संस्पर्श से साहित्य में आकर अपने पूर्ण रूप में प्रकट होते हैं। इस क्रम में लेखक पात्र को पूर्ण यथार्थता प्रदान करने के लिए जीवन के अनेक क्षेत्रों से सामाजिक यथार्थ की बातों को चुनकर अपने शिल्प-चातुर्य से उसमें उनका समावेश करता है और टूटे-फूटे अनगढ़, प्रकृत चरित्रों को यथार्थ और सम्पूर्ण बनाने का प्रयत्न करता है। चरित्रों की यह यथार्थ सम्पूर्णता ही नाना प्रकार के सामाजिकों के विविध मानस-पटलों पर अपने प्रभाव की एक-सी रेखाएँ खींचती है।

अश्क अपने पात्रों के चरित्रांकन में केवल प्रधान पात्रों को ही उभारने का प्रयत्न नहीं करते, बल्कि सहायक पात्रों और गौण पात्रों को भी अपने कलात्मक संस्पर्श से उभारकर प्रस्तुत करते हैं। जब नाटककार नाटक के गौण पात्रों के प्रति अपनी कम सहानुभूति दिखा पाता है और उन्हें केवल बड़े पात्र के सहायक-मात्र बना देना चाहता है तो छोटे पात्र भरती के मालूम पड़ने लगते हैं और उनके चरित्र की ख़ूबियाँ उभरकर सामने नहीं आतीं। किन्तु अश्क प्रधान पात्रों का जितनी सजगता से ध्यान रखते हैं, उतनी ही सजगता से गौण पात्रों का भी!

संवादों द्वारा अनुपस्थित पात्र के चरित्रांकन का प्रयोग भी अश्क ने बड़ी सफलता से किया है। वैसे, पुराने नाटकों में भी अनुपस्थित पात्र या रंगमंच पर अनुपस्थित रहने वाले पात्र होते थे और आगामी घटना का परिचय अन्य पात्रों के संवादों द्वारा दिया जाता था और इस कार्य के लिए प्राचीन नाट्य-शास्त्र में अंकों के अतिरिक्त विषकम्भक की भी योजना की गई थी, किन्तु इस पुराने तरीके और अश्क के इस नये प्रयोग में पर्याप्त अन्तर है। अश्क ने अनुपस्थित पात्रों को अन्य पात्रों के संवादों द्वारा केवल परिचित कराने की ही कोशिश

नहीं की है, वरन् उन्हें साकारता प्रदान करने की भी कोशिश की है।

चरित्रांकन की इन विशेषताओं और चरित्र-सृष्टि के इन प्रयोगों के बावजूद अश्क चरित्र का विकास इस स्वाभाविक रूप से प्रस्तुत करते हैं कि वह हमें जाना-पहचाना और परिचित-सा प्रतीत होता है। उसके गुण और दोष हमें अपने गुण और दोष प्रतीत होते हैं। अश्क के पात्र हमारे जीवन का दर्पण बनकर प्रस्तुत होते हैं और उनमें हमें अपनी ज़िन्दगी की तसवीरें दिखाई पड़ती हैं। अश्क चरित्रांकन को स्वाभाविक बनाए रखने के लिए पात्रानुकूल भाषा और बातचीत का काफ़ी ख़याल रखते हैं। वे पात्र के स्तर के अनुकूल ही उसके संवाद की रचना करते हैं। इसलिए उनके संवाद केवल विचार-वस्तु के यांत्रिक वाहन नहीं बनते, बल्कि पात्र की स्वाभाविक वाणी और विचार बनकर उसके चरित्र पर प्रकाश डालते हैं और विचार-वस्तु को भी गति प्रदान करते हैं। संवादों द्वारा चरित्र के गुण-दोषों का संकेत उन्होंने बड़ी चातुरी से किया है।

अश्क के नाटकों की परिस्थितियाँ चरित्र-विकास में अनुकूलता प्रदान करती हैं। वे पात्रों के कार्य-व्यापार का अनिवार्य परिणाम बनकर स्वाभाविक रूप से नई परिस्थितियों को जन्म देती हैं और साथ-ही-साथ चरित्र को भी यथार्थता प्रदान करती चलती हैं। अश्क पात्रों के मनोवैज्ञानिक अन्तर्द्वंद्व को उनके कार्य-व्यापार और अन्य संकेतों से सरल और स्पष्ट ढंग से व्यक्त करते हैं।

अश्क ने वर्तमान मध्यवर्गीय जीवन के विविध व्यक्तियों का चरित्रांकन अपने सामाजिक नाटकों में किया है। डॉक्टर, पत्रकार, कवि, क्लर्क, अभिनेता आदि विविध पुरुष-चरित्र उनके नाटकों में यथार्थ रूप से उतरे हैं। जहाँ अश्क ने पारिवारिक समस्याओं से सम्बन्धित विविध पुरुष-पात्रों को पिता, पुत्र, पति और भाई के रूप चित्रित किया है, वहाँ भी इन पात्रों के वर्गीय संस्कार निखरकर सामने आए हैं। इन पात्रों का चुनाव और यथार्थ चरित्रांकन समाज की वर्तमान समस्याओं के प्रति लेखक के जागरूक यथार्थवादी दृष्टिकोण का परिचायक है।

नारी पात्र

नारी के प्रति अश्क के मन में असीम श्रद्धा और अगाध वेदना है। अपने उपन्यासों, कथाओं, काव्यों और नाटकों में अश्क ने नारी को विभिन्न रूपों में प्रस्तुत किया है।

अश्क ने विवाह और प्रेम की समस्या की सामाजिक पृष्ठभूमि पर विविध संस्कारों वाली नारियों के चित्र खींचे हैं। सामन्ती संस्कारों से लेकर आज का जागरूक दृष्टिकोण रखने वाले तरह-तरह के नारी-पात्र अश्क के नाटकों में बिखरे पड़े हैं। इन विभिन्न नारियों का चित्रण अश्क सदैव इस उद्देश्य से करते हैं कि आधुनिक युग की नारी अपने-आपको पहचानकर, अपनी पूर्ववर्ती नारियों से अपनी स्थिति की तुलना करके, वर्तमान देश-काल में अपने महत्त्व को पहचाने।

अश्क के सामाजिक नाटकों में भी इसी विचारधारा के सूत्र मिलते हैं। ऐसे भी नारी पात्र हैं, जो पुरानी पारिवारिक रूढ़ियों और संस्कारों से ग्रस्त हैं; ऐसे भी हैं, जो उन रूढ़ियों से निकलने को छटपटा रहे हैं; ऐसे भी, जो इस प्रयास में अपना सन्तुलन खो बैठे हैं और उच्छृंखलता ही को स्वतंत्रता मान बैठे हैं और बाहर के संसार को बनाने की फ़िक्र में घर ही बिगाड़ रहे हैं; ऐसे भी, जो पुराने और नये में सामंजस्य स्थापित कर, घर को सुखी बना रहे हैं; ऐसे भी, जो अभिजातवर्ग के खोखले जीवन की कुंठाओं के शिकार हैं और ऐसे भी, जो भविष्य की स्वच्छन्द, किन्तु उत्तरदायित्व को निभाने वाली नारी की झलक देते हैं—ऐसी नारी की, जो ठीक अर्थों में पुरुष की सहचरी, मंत्रिणी और संगिनी होगी।

लेकिन पुरानी रूढ़ियों से केवल विद्रोह ही अश्क का लक्ष्य नहीं। यदि वह विद्रोह समाज की नींव—घर—ही को तबाह कर देता है तो अश्क उस विद्रोह के कायल नहीं। ऐसी युवतियों से, जो नारी की स्वच्छन्दता को उच्छृंखलता और उत्तरदायित्वहीनता समझती हैं, अश्क को सहानुभूति नहीं। अश्क ने उनके कुंठित गृह-जीवन की एक झाँकी 'स्वर्ग की झलक' में दी

है। श्रीमती अशोक और श्रीमती राजेन्द्र ऐसी आधुनिकाएँ हैं, जो पतियों से खाना पकवाती और बच्चे खिलवाती हैं और स्वयं नाच-गाने में मस्त रहती हैं। राजेन्द्र के कटु शब्दों में तल्ख़ी की मात्रा चाहे ज़्यादा हो, पर सच्चाई भी कम नहीं। रघु से वह कहता है :

> इन चमकदार मोतियों का उपयोग कितना है रघु, तुम नहीं जानते—तुम इन्हें दूर ही से प्यार की नज़रों से देख सकते हो। चाहो तो इन्हें घर में सजाकर सपनों के संसार बसा सकते हो; इनकी दमक से अपनी आँखें जला सकते हो; पर ज़िन्दगी के खरल में पीसकर इन्हें किसी काम में ला सकोगे—इसकी आशा नहीं।

पर अश्क 'स्वर्ग की झलक' में केवल ध्वंसात्मक आलोचना ही पर बस नहीं करते, भाभी के रूप में पुराने और नये का सामंजस्यपूर्ण जागरूक पात्र भी इस नाटक में प्रस्तुत करते हैं।

नारी पात्रों के चरित्र-चित्रण में अश्क का दृष्टिकोण प्रत्येक स्थान पर सामाजिक यथार्थवादी है। उस पर अनेक दूसरे तथाकथित प्रगतिशील लेखकों की तरह पूँजीवादी रोमांस और यौन वेदना का प्रभाव नहीं है। अश्क ने नारी-पात्रों के साथ खिलवाड़ नहीं किया है और न पाठकों की सस्ती, अतृप्त काम-वासना के स्वाद के लिए उन्हें चटनी के रूप में पेश किया है। उनका दृष्टिकोण इस विषय में एकदम स्वस्थ, नैतिक और सामाजिक है, जो उनके साहित्य का एक प्रगतिवादी लक्ष्य है।

अश्क के नाटकों में नारी के प्रति इस समाजवादी दृष्टिकोण की सजगता है। उन्होंने चाहे नारी को पुराने रूप में या नये रूप में पेश किया हो, सब जगह उनकी वह सामाजिक चेतना काम करती है। इसीलिए वे नारी-जीवन को एक सही सहानुभूति से देख सके हैं और उसके वर्गीय अन्तर्विरोधों और रूपों को स्वस्थ और यथार्थ ढंग से चित्रित कर सके हैं।

अश्क ने आधुनिक नारी के चरित्र-चित्रण में उसकी सामाजिक प्रगति के प्रति हमदर्दी दिखाई है और उसके अवकाशभोगी, अभिजातवर्गीय, बुर्जुआ

संस्कारों वाली उच्छृंखल प्रगति की खिल्ली उड़ाई है और उस पर कठोर व्यंग्य किये हैं। उन्होंने नारी को विभिन्न रूपों में प्रस्तुत किया है। उसके बन्धनों के प्रति उनके मन में क्रोध है; दुखों और कुंठाओं के प्रति संवेदना; सीमाओं के प्रति सहानुभूति; कुप्रवृत्तियों के प्रति व्यंग्य तथा आक्रोश; आदर्शों के प्रति श्रद्धा और महत्त्वाकांक्षाओं के प्रति प्रशंसा है। वे नारी को न दासी देखना चाहते हैं, न खिलौना, न देवी। वे उसे पुरुष के साथ पग-से-पग और कन्धे-से-कन्धा मिलाकर चलती हुई, उसकी संगिनी और उसकी मंत्रिणी देखने के अभिलाषी हैं।

नाट्य-शैली और शिल्प

एक चतुर नाट्य-शिल्पी होने के साथ-साथ अश्क उपन्यासकार, कथाकार और कवि भी हैं और उन साहित्य-रूपों के संस्कारों का सूक्ष्म प्रभाव उनके नाट्य-शिल्प पर भी पड़ा है। शायद यही कारण है कि उनके नाटकों के रूप-गठन में शिल्प की संकुलता नहीं है। उन्होंने अपने नाटकों के रूप-गठन को रंगमंच और शिल्प के विभिन्न तत्त्वों के कलात्मक समन्वय और वस्तु के यथार्थवादी मनोवैज्ञानिक निरूपण से आधुनिकतम और अधिक-से-अधिक परिमार्जित एवं प्रभावशाली बनाया है। उनकी सबसे बड़ी विशेषता यह है कि वस्तु और शिल्प—दोनों पर उन्होंने नव-निर्माण की दृष्टि से भेद मानकर, अलग-अलग प्रयोग करने की कोशिश नहीं की, बल्कि दोनों का ऐसा स्वाभाविक सामंजस्य प्रस्तुत किया है कि इस वैज्ञानिक कलात्मक एकीकरण के द्वारा ही उनके नाटक को पूर्णता प्राप्त होती है। अश्क ने कौशल (तकनीक) का प्रयोग मात्र एक बाज़ीगर की तरह नहीं किया, बल्कि एक वस्तु को, उसमें अन्तर्निहित मूल विचार और सामाजिक सत्य के साथ उद्घाटित करने और उसे स्वाभाविक और अधिक प्रेषणीय बनाने के लिए ही अपनी तकनीक के चातुर्य का प्रयोग एक यथार्थवादी कलाकार के रूप में किया है।

अश्क हिन्दी के कुछ दूसरे नाटककारों की भाँति कलावादी नहीं हैं और न तथाकथित प्रयोगवादी ही, जो शिल्प को वस्तु से अधिक प्रधानता देते

हैं—"मैं केवल प्रयोग के लिए प्रयोग नहीं करता," उन्होंने एक भेंट में कहा, "वैसा करना मुझे ऐसे ही लगता है, जैसे साफ़-सुथरे कपड़े पहने हुए लोगों की सभा में कोई बदन पर कीचड़ मलकर चला जाए।"

इसमें कोई सन्देह नहीं कि वस्तुगत सत्य को अधिक-से-अधिक यथार्थ रूप में प्रस्तुत करने और प्रेषणीय बनाने के लिए अश्क अत्यधिक परिश्रम और परिमार्जन करते हैं। वे सर्वप्रथम वस्तुगत सत्य या आधारभूत विचार की खोज करते हैं और उसके आधार पर नाटक का 'धुँधला-सा रेखाचित्र' तैयार करते हैं और उसके अनुकूल वस्तु के अन्य उपादानों को जीवन के विविध अनुभवों से संचित करके नाट्य-सृष्टि करते हैं। वे लिखते हैं, "मैं सर्वप्रथम नाटक की थीम अर्थात आधारभूत विचार खोजता हूँ, अथवा यों कहिए कि नाटक का आधारभूत विचार पहले मेरे मस्तिष्क में आता है।" इससे स्पष्ट है कि अश्क कलावादी नहीं हैं। वे एक यथार्थवादी कलाकार हैं, जिसकी दृष्टि सर्वप्रथम वस्तुगत सत्य पर पड़ती है और उसी के उद्घाटन के लिए वे शिल्प-चातुर्य का प्रयोग करते हैं। जब कोई घटना या आधारभूत सत्य नया कलेवर चाहता है—अर्थात जब वे समझते हैं कि किसी दूसरे ही रूप में उसकी ठीक अभिव्यक्ति होगी तो वे उस रूप को ढूँढ़ने का प्रयास करते हैं। इसी प्रयास के फलस्वरूप नये प्रयोग भी हो जाते हैं। वे नाट्य-रचना के प्रकार को भिन्न-भिन्न रासायनिक द्रव्यों के समावेश की एक प्रक्रिया मानते हैं। इसीलिए वे शिल्प परिमार्जन और रूप-गठन के प्रकार पर अधिक श्रम करते हैं। यह श्रम (तकनीक) कौशल प्रदर्शन नहीं होता, बल्कि वस्तुगत सत्य को सामाजिकों[1] के हृदय तक स्वाभाविक रूप से प्रेषणीय बनाने के लिए ईमानदार कलाकार का कलात्मक प्रयत्न होता है।

अश्क ने लिखा है, "मेरा स्वभाव है कि पहली बार नाटक का धुँधला-सा रेखाचित्र तैयार कर लेता हूँ। उसके पश्चात् मैं उसे निरन्तर सँवारता, सुधारता रहता हूँ। इस काम में मेरा मन ख़ूब लगता है। मैं निरन्तर काट-छाँट करता रहता हूँ।"

---

1. नाट्य-शास्त्र के अनुसार दर्शकों के लिए प्रयुक्त शब्द।

शिल्प-परिमार्जन पर इतनी मेहनत करने के क्रम में ही अश्क ने हिन्दी के नाट्य-शिल्प को अधिक विकसित किया है और उसमें नये-नये प्रयोग किये हैं। शिल्प-सौष्ठव के विकास के लिए उन्होंने पश्चिम के अनेक श्रेष्ठ नाटककारों के शिल्प-चातुर्य से भी प्रेरणा प्राप्त की है, किन्तु एक बात के लिए वे सदा सतर्क रहे हैं कि उनकी मूल विचारधारा और यथार्थवादी दृष्टिकोण या किसी पश्चिमी कलाकार की विचारधारा और दृष्टिकोण का प्रतिक्रियावादी प्रभाव न पड़े। वास्तव में उन पश्चिमी नाटककारों में से कुछ ऐसे भी हैं, जो श्रेष्ठ नाट्य-शिल्पी होते हुए भी यथार्थवादी नहीं हैं। अश्क ने इस कला-प्रेरणा के विषय में स्पष्ट करते हुए लिखा है :

> यहाँ प्रगतिशीलता अथवा प्रतिक्रियात्मकता का प्रश्न नहीं। मैं केवल कला-पक्ष की बात कर रहा हूँ। नाटककार अथवा नाटक चाहे अगतिमूलक हो, पर कई बार उसकी कला का सौष्ठव मोह लेता है और स्वयं लिखने की प्रेरणा देता है।

शैली में वस्तु-चयन और वस्तु-विन्यास तथा भाषा की प्रवहमानता और टकसालीपन का बड़ा हाथ है। अश्क की शैली में इन दोनों के सौष्ठव का उल्लेख अन्यत्र किया जा चुका है। जहाँ तक संकलन-त्रय का सम्बन्ध है, जैसा कि एक स्थल पर पहले भी कहा गया है, अश्क ने समय, स्थान और कार्य सम्पादन की एकता का समुचित निर्वाह अपनी नाट्य-शैली में किया है।

अश्क की शैली का एक बड़ा गुण—विशेषकर उनके गम्भीर नाटकों में उनकी प्रतीकात्मकता या सांकेतिकता है। सूक्ष्म अथवा स्थूल संकेतों और प्रतीकों के सहारे अश्क ने जहाँ बड़ी सफ़ाई से वातावरण उपस्थित कर दिया है, वहाँ पात्रों के चरित्र-चित्रण में भी इससे सहायता ली है।

अश्क की नाट्य-शैली की सबसे बड़ी विशेषता यह है कि जीवन-वैविध्य के अनुभव से प्राप्त वस्तु-सत्यों को वे रंगमंच पर अपने शिल्प-चातुर्य के बल पर इस यथार्थ रूप से उद्‌घाटित करते हैं कि दर्शक की अनुभूति उससे प्रभावित

होकर उसमें अपने जीवन की यथार्थता का किसी-न-किसी रूप से दर्शन पाती है। पाठक को भी उसे पढ़कर ऐसा ही साक्षात्कार होता है और दोनों को इस प्रकार जीवन के प्रति नये दृष्टिकोण की प्रेरणा प्राप्त होती है।

मनोविज्ञान

हिन्दी के नाटकों में मनोवैज्ञानिक तथ्यों का निरूपण भी यथार्थवाद के युग की देन है। जैसा कि अन्यत्र कहा जा चुका है, पिछले युग के ऐतिहासिक नाटककार क्योंकि एक निश्चित सामन्ती आदर्श के पात्रों को लेकर चलते थे, जिनके चरित्र का ढाँचा बना-बनाया था, इसलिए उनके पात्र उस ढाँचे से जौ बराबर भी इधर-उधर न होते थे और इसीलिए उनके नायकों-प्रतिनायकों के चरित्रों में मनोविज्ञान का उतना प्रवेश न रहता था। स्वयं अश्क के 'जय पराजय' में ऐसे सामन्ती पात्र हैं, जो एक पूर्व-निश्चित ढाँचे में से निकालकर दर्शकों के सामने रखे गए प्रतीत होते हैं। लेकिन यथार्थवादी रचनाकार होने के नाते अश्क ऐसे पात्रों से कभी सन्तुष्ट न रह सकते थे। यही कारण है कि उन्होंने 'जय पराजय' के बाद फिर वैसा नाटक नहीं लिखा।

अश्क ने जीवन का गहरा अनुभव प्राप्त किया है। इतिहास की भूली-बिसरी समाधियों से कुछ मुर्दे निकालकर उनमें प्राण-प्रतिष्ठा करने के बदले उन्होंने वर्तमान समाज के दैनिक जीवन से, ज़िन्दगी की धड़कन से धड़कते पात्र चुने हैं और उन्हें उनके गुणों के साथ ही नहीं, दोषों के साथ भी हमारे सामने प्रस्तुत किया है।

अश्क जानते हैं कि इनसान अपने युग की आर्थिक और सामाजिक परिस्थितियों के बस में रहता है, उसके कार्य-व्यापार और मनोविज्ञान पर उन परिस्थितियों का गहरा प्रभाव रहता है। परिस्थितियाँ क्योंकि बदलती रहती हैं, इसीलिए मानव भी बदलता रहता है। उसके कार्य-व्यापार, जिन पर उसके चिर-परिवर्तनशील मनोवेगों की गहरी छाप पड़ती है, बदलते रहते हैं। ज़िन्दगी की इस चिर-प्रवहमान धारा और उसमें बहते मानवों के साथ अश्क सदा बहे

हैं। इसीलिए जब वे उस धारा के क्षणिक ठहराव को अपने किसी एकांकी में प्रतिबिम्बित करते हैं तो जहाँ उस ठहरे क्षण में बँधे मानवों के मनोवेगों को हम देखते हैं, पृष्ठभूमि में उस चिर-प्रवाहशील धारा का आभास भी सदा पाते हैं।

मनोविज्ञान को अश्क ने पोथियों से नहीं, जीवन के सीधे गहरे अध्ययन से प्राप्त किया है। जैसे तकनीक कला-सृष्टि के पीछे चलती है, इसी प्रकार परिभाषाएँ और सिद्धान्त जीवन के अनुयायी रहते हैं। जीवन का हर दिन नये-से-नया रहस्य लिये आता है और मानव का हर कार्य-व्यापार नये रहस्योन्मेष करता हुआ नये सत्य प्रस्तुत करता है। जीवन के वास्तविक अनुभव से, मानवों की बहिया में बहते हुए अश्क ने उनके मनोवेगों का अध्ययन किया है। जीवन में होने वाली कोई घटना और उसमें ग्रसित किसी मानव का कोई विशेष कार्य-व्यापार जीवन से अलग-अलग रहने वाले पाठक अथवा दर्शक को चौंका सकता है, पर मानव-जीवन के वेत्ता लेखक को नहीं। अश्क ने अपने व्यक्तिगत अनुभव से मानव-मन की निगूढ़ गुफ़ाओं में छिपी उन भावनाओं को हमारे सामने ला रखा है, जिनसे हम रोज़ के जीवन में सामना करते हुए झिझकते हैं, अथवा जिन्हें जानकर भी हम नहीं जानते। लेकिन एक सच्चे कलाकार की प्रतिभा व्यक्ति अथवा समाज किसी की अहम्मन्यता से भयभीत नहीं होती। वह बड़ी निर्भीकतापूर्वक प्रत्येक घटना और उसके पीछे छिपी भावनाओं का विश्लेषण करता चला जाता है। अश्क के मनोवैज्ञानिक नाटक उसी विश्लेषण का परिणाम है।

अश्क ने अपने नाटकों में जिन मानवों का चित्रण किया है, वे न अतिमानव हैं, न अपमानव! न तो वे किसी आदर्श मानव की तरह यंत्रचालित ऑटोमेटॉन (automaton) दिखाई देते हैं, न किसी मनोवैज्ञानिक ग्रन्थि के शिकार, लुंज-पुंज, अपाहिज व्यक्ति। वे इनसान हैं—दुर्बल-सबल, क्रूर-दयालु, उदार-संकीर्ण, सफल-असफल, प्रसन्न-उदास संघर्षशील जीवन की भीड़ में कन्धे से कन्धा रगड़ते, ठोकरें देते-पाते—केवल इनसान!

स्वर्ग की झलक

'जय पराजय' जैसा ऐतिहासिक नाटक लिखने के बाद अश्क ने 'स्वर्ग की झलक' के रूप में अपना पहला सामाजिक और आधुनिक शैली का नाटक लिखा। 'जय पराजय' में पिछली नाटकीय परम्परा के जो गुण-अवगुण, ज्ञात-अज्ञात रूप से आ गए थे, उन सबका परिमार्जन इस सामाजिक नाटक में किया गया। अश्क की शैली के विकास-क्रम में 'स्वर्ग की झलक' महत्त्वपूर्ण स्थान रखता है। इसे लिखकर लेखक ने इतिहास के प्राचीन पुरातत्त्व से नाटक के वस्तु तत्त्व को चुनने के परम्परा प्राप्त मोह को भंग किया और नाटक को श्रव्य-काव्य मात्र की सीमा से निकालकर उसको वास्तविक दृश्य-श्रव्य-काव्य में प्रस्तुत करने के लिए, रंगमंच के विकास के साथ उसका सामंजस्य बैठाकर, शैली सजाने-सँवारने का कलात्मक प्रयत्न किया। इस दृष्टि से यह याद रखना चाहिए कि 'स्वर्ग की झलक'—'छठा बेटा', 'क़ैद' और 'उड़ान' से पहले सन् 1938 में ऐतिहासिक नाटक 'जय पराजय' के बाद लिखा हुआ अश्क का पहला सामाजिक आधुनिक नाटक है।

यह नाटक मध्यवर्गीय आधुनिकाओं के अस्वस्थ सामाजिक जीवन पर एक व्यंग्य है। साथ ही यह व्यंग्य उन आत्म-भीरु मध्यवर्गीय नवयुवकों पर भी है, जो आधुनिकाओं की दायित्वहीनता और दिखावटी शिष्टाचार से घबराकर या तो उनके आगे आत्म-समर्पण कर देते हैं या एकदम शिक्षित नारियों से ही दूर भागने लगते हैं। इस प्रकार नाटक में संक्रान्तिकालीन समाज की विवाह और प्रेम की समस्या के एक पहलू का यथार्थ उद्घाटन भी होता है।

रघु एक पत्रकार है। उसकी पहली पत्नी का स्वर्गवास हो चुका है और अब उसके भाई और भाभी उस पर ज़ोर देते हैं कि वह अपनी साली रक्षा से विवाह कर ले। किन्तु रघु बी.ए., एम. ए. पास अपने नये मित्र—अशोक और राजेन्द्र की सुशिक्षित पत्नियों जैसी अप-टू-डेट पत्नी चाहता है और रक्षा केवल 'भूषण' पास, सीधी-सादी लड़की है। इसीलिए रघु कहता है :

इस 'भूषण' के रहते हुए भी पत्र तक वह ठीक से नहीं लिख सकती।

बात करने, कपड़ा पहनने की उसे तमीज़ नहीं। चार मित्र आ जाएँ तो लाज से दुबककर अपने कमरे में जा बैठे। मैं पूछता हूँ, आप किस तरह मुझे फिर चक्की का पाट गले में बाँधने को कहते हैं?

इस विरोध के कारण भाभी रघु की शादी प्रोफ़ेसर राजलाल की बी. ए. पास संगीत-कला-दक्ष अप-टू-डेट लड़की के साथ करने का निर्णय करती है। यहाँ पहला अंक समाप्त हो जाता है और कथा-वस्तु की नाटकीय भूमिका प्रस्तुत हो जाती है।

दूसरे अंक में रघु के मित्र अशोक और श्रीमती अशोक के पारिवारिक जीवन की झाँकी है। रघु को अशोक के घर खाने का निमंत्रण है। अशोक की पत्नी शिक्षित अप-टू-डेट है। अशोक खाना पकाने में पटु हैं। अपनी पत्नी से कहते हैं कि ज़रा उठकर रोटियाँ सेंक ले, खीर और सब्ज़ी तो वे पहले ही पका चुके हैं। किन्तु वह इनकार कर देती है। कहती है कि उसका सर दर्द कर रहा है, रात में उसने उठकर अपनी लड़की को दूध पिलाया, रात को वह जगी है, इसीलिए वह कुछ न करेगी। नौकर बीमार है। वह कहती है कि तीन नौकर रख लेने चाहिए और जब अशोक साहब झल्लाते हैं तो कहती है—'मैं क्या जानूँ! मैं स्वयं तो चूल्हा झोंक नहीं सकती।' इस बात से चिढ़कर अशोक क्रोध में चीख़ते हैं कि इतने में रघु आ जाता है। रघु के आते ही अशोक कैसा रंग बदलते हैं, इसका इतना हास्योत्पादक और व्यंग्यपूर्ण चित्र खींचा गया है कि पाठक और दर्शक इस पारिवारिक परिस्थिति पर बिना हँसे और साथ ही बिना तिलमिलाए नहीं रह सकते। जब रघु पूछता, 'क्या बात है, इतने ऊँचे चीख़ रहे हो?' तब अशोक अपनी बात को छिपाते हुए कहते हैं :

> चीख़ रहा हूँ? क्या करूँ, बीस बार कहा कि भाई, तुम आराम करो। समय पर एक घड़ी का आराम बाद को एक वर्ष की मुसीबत से बचाता है, पर ये मानतीं ही नहीं। (थके हुए स्वर में) स्वास्थ्य इनका ख़राब है, रात में सोईं नहीं, पर ज्योंही सुबह मैंने बताया कि तुम्हारा खाना है, तो झट रसोईघर में जा बैठीं। मैं सब्ज़ी लेने गया था...मेरे

आते-आते इन्होंने खीर पका डाली (हँसते हैं) खीर बनाने में तो सीता जी को बस, कमाल हासिल है। मुझे लग गई देर। वापस आया तो बड़ी मुश्किल से रसोई से उठाया कि भाई आराम करो, फिर मुझे ही डाक्टरों के पीछे मारा-मारा फिरना पड़ेगा।

यह संवाद केवल श्रीमती अशोक पर ही कठोर व्यंग्य नहीं है, बल्कि सारी परिस्थिति की विद्रूपता पर व्यंग्य करता है।

इसी प्रकार तीसरे अंक में रघु अपने मित्र राजेन्द्र (दर्शन के अध्यापक) की सुशिक्षित अप-टू-डेट पत्नी की पारिवारिक दायित्वहीनता के दर्शन करता है। श्रीमती राजेन्द्र का बच्चा बीमार है, किन्तु वे नृत्य प्रदर्शन के प्रबन्ध में व्यस्त हैं। उन्हें पति और पुत्र से अधिक बाहरी प्रदर्शन की चिन्ता है। इस दाम्पत्य जीवन की झाँकी भी व्यंग्यपूर्ण और हास्य-मिश्रित प्रस्तुत की गई है।

चौथे अंक में कन्सर्ट का दृश्य है, जिसमें रघु, प्रोफ़ेसर राजलाल की लड़की उमा का कला प्रदर्शन भी देखता है। दूसरी ओर उसकी भाभी उमा के साथ रघु की सगाई पक्की कर लेती है। किन्तु अशोक और राजेन्द्र का विषम, खीझ भरा जीवन देखकर रघु का मन बदल जाता है और वह इन आधुनिकाओं से घबराकर अपनी साली रक्षा से ही शादी करने को तैयार हो जाता है।

इस प्रकार इस नाटक का व्यंग्य जहाँ शिक्षित आधुनिक नारियों की असन्तुलित प्रवृत्ति पर चोट करता है, वहाँ रघु जैसे मध्यवर्गीय नवयुवक की भीरुता पर भी चोट करता है। यद्यपि इसमें पात्रों का चरित्र-चित्रण उनके जीवन के एक पहलू को ही लेकर किया गया है, किन्तु परिस्थितिजन्य सारी संश्लिष्ट समस्याएँ उभरकर सामने आ गई हैं। रघु, भाई साहब, राजेन्द्र दम्पती और अशोक दम्पती का चरित्रांकन मूल उद्देश्य को बड़े यथार्थ रूप में प्रस्तुत करता है।

किन्तु नाटक का मूल उद्देश्य क्या है? क्या आधुनिक फ़ैशन-परस्त नारियों के प्रति रघु की वितृष्णा द्वारा लेखक प्राचीन संस्कृति का पोषण करता है? क्या लेखक आधुनिक शिक्षा की खिल्ली उड़ाना चाहता है?

शायद ऐसा नहीं है। इस नाटक में न तो एकदम प्राचीन संस्कृति का पोषण है और न आधुनिक शिक्षा की खिल्ली ही उड़ाई गई है। जो लेखक

'उड़ान' में माया जैसे स्वाभिमानी नारी-पात्र की सृष्टि कर सकता है, उसका उद्देश्य केवल इतना नहीं हो सकता। लेखक की सहानुभूति श्रीमती अशोक, श्रीमती राजेन्द्र और कुमारी उमा की फ़ैशन-परस्ती और अकर्मण्यता के प्रति नहीं है और मिस्टर राजेन्द्र की घरेलू स्थिति का चित्रण उपस्थित करके लेखक यह भी संकेत कर देता है कि ऐसी एकांगी पत्नियों से घर नहीं बन सकता। ऐसी पत्नियों के सेवक-पतियों के आधुनिकपन—इस कृत्रिम जीवन को देखकर उनके प्रति दया और क्षोभ दोनों ही पैदा होते हैं। ऐसे चरित्र एक टाइप हैं, जो नॉर्मल नहीं होते और जिनकी हीन भावना उन्हें अपनी ग़लतफ़हमियों से ऊपर नहीं उठने देती। फिर ऐसे पति-पत्नी अपने दाम्पत्य जीवन में सामंजस्य कैसे पैदा कर सकते हैं?

'स्वर्ग की झलक' की भूमिका में अपने उद्देश्य को स्पष्ट करते हुए लेखक ने स्वयं लिखा है :

> यदि उसे (शिक्षित लड़की को) विवाह कर सीधा-सादा जीवन बिताना पड़ता है तो उसे इस सीधे-सादे जीवन पर नाक-भौं न चढ़ानी चाहिए!... चाहिए यह कि जहाँ शिक्षा पाकर नारी स्वाभिमान, आत्मविश्वास, व्यापक ज्ञान तथा समाज सेवा की भावनाएँ पाए, वहाँ अपना सन्तुलन भी न खोए। तभी समाज की स्वस्थता कायम रह सकेगी।

नाटक का मूल उद्देश्य तो इसी सन्तुलन की ओर इशारा करना है। जितना मज़ाक़ उड़ाया गया है, वह सब असन्तुलित जीवन के एकांगीपन का है। नाटक से ध्वनित होता है कि न तो केवल फ़ैशन-परस्ती आधुनिकता का नाम है और न अशिक्षा का नाम पुरातनता है। दोनों के समन्वय से ही नारी का स्वस्थ विकास सम्भव है। रघु की भाभी के चरित्र में इस नूतन-पुरातन के समन्वय की कुछ झलक है। इसमें केवल भाई साहब का चरित्र पुरातन संस्कारों का प्रतीक है।

रघु का चरित्र मध्यवर्गीय नवयुवक की सही झाँकी प्रस्तुत करता है, जो परिस्थितियों के दबाव में आत्म-भीरु होकर आत्म-विरोधी निर्णय भी कर डालता है। जिस लड़की को वह अपने योग्य न समझता था, उसी को श्रीमती राजेन्द्र,

श्रीमती अशोक और कुमारी उमा का कृत्रिम जीवन देखकर, प्रतिक्रियावश, वरण करने को तैयार हो जाता है।

कला की दृष्टि से अश्क का यह नाटक 'जय पराजय' के बाद उनकी शैली के विकास का एक चरण है। इसमें संकलन-त्रय का 'जय पराजय' से ज़्यादा ध्यान रखा गया है। सुबह दस बजे से रात के दस बजे तक के समय में सामाजिक जीवन की एक लम्बी कहानी को सुगठित रूप में उपस्थित कर दिया गया है। चरित्रों की विशेषता इतने स्वाभाविक ढंग से उभरकर सामने आती है कि वस्तु-विन्यास में एक प्रवाह पैदा हो जाता है और क्लाइमैक्स तक पहुँचते-पहुँचते संवादों में सहज रूप से हास्य और व्यंग्य के इतने पुट आते हैं कि नाटक के साथ तादात्म्य स्थापित हो जाता है।

दृश्य-विधान और रंग-संकेत काफ़ी विवरणपूर्ण हैं और वे नाटक की मूल भावना को उद्घाटित करने में समर्थ हैं। शुरू के तीन अंक स्वयं दृश्य हैं। केवल चौथे अंक में चार दृश्य हैं। मूल नाटक के भीतर एक और मंच का समावेश करना नया प्रयोग है। सन्देह हो सकता है कि एक मंच पर दूसरा मंच कैसे दिखाया जा सकता है, किन्तु निर्देशन से यह कठिनाई दूर हो सकती है।

'स्वर्ग की झलक' की सबसे बड़ी विशेषता यह है कि न केवल यह हिन्दी नाटकों के विकास-क्रम में जयशंकर प्रसाद और आधुनिक नाटकों के बीच की एक उल्लेखनीय कड़ी है, बल्कि स्वयं नाटककार अश्क की शैली के विकास का भी प्रथम किन्तु महत्त्वपूर्ण चरण है।

स्वर्ग की झलक

पात्र

रघुनन्दन : अट्ठाईस-तीस वर्ष का युवक। अंग्रेज़ी समाचार-पत्र का सम्पादक। विधुर।

भाई साहब : रघुनन्दन के बड़े भाई, लाला गिरधारी लाल। उमर पैंतालीस-छियालीस वर्ष।

भाभी : लाला गिरधारीलाल की पत्नी। उमर पैंतीस साल।

रामप्रसाद : भाभी के छोटे भाई। आयु छब्बीस-सत्ताईस वर्ष।

नन्हा, मुन्नी : लाला गिरधारीलाल के बच्चे।

मि. अशोक : रघु के मित्र। आयु बत्तीस-तैंतीस वर्ष।

श्रीमती अ. : श्रीमती अशोक।

ऊषा : अशोक की बेटी।

राजेन्द्र : रघु के मित्र। दर्शन-शास्त्र के अध्यापक।

श्रीमती रा. : श्रीमती राजेन्द्र।

उम्मी : राजेन्द्र का बीमार बेटा।

डॉक्टर शर्मा : एस. आर. सभा के सेक्रेटरी।

शशि : गायिका।

उमा : प्रोफ़ेसर राजलाल की बेटी।

प्रो. राजलाल : उमा के पिता।

प्रोफ़ेसराइन : उमा की माँ।

बिरजू : लाला गिरधारीलाल का नौकर।

रसिया : राजेन्द्र का नौकर।

कन्सर्ट के दर्शक :

पहला अंक

[पर्दे के धीरे-धीरे उठने पर हम मध्यवर्ग के एक ड्रॉइंग-रूम से परिचित होते हैं, जिससे एक साथ बैठने, उठने, कपड़े पहनने तथा सोने के कमरे का काम लिया गया है। यूरोप का मध्यवर्ग, विभिन्न कामों के लिए, विभिन्न कमरों के सुख का उपभोग कर सकता है, पर भारत के मध्यवर्गीय को, जिसकी औसत आय वहाँ के श्रमिक की औसत आय से भी कहीं कम होती है, यह सब कैसे प्राप्त हो! इसीलिए ड्रॉइंग-रूम में तीनों आवश्यकताओं के अनुसार सामान सजा हुआ है।

सामने की दीवार में अँगीठी है, जिस पर एक फूलदार कपड़ा बिछा हुआ है। इस पर दाईं से बाईं ओर को अत्यन्त सुरुचिपूर्ण ढंग से शीशा, कंघी, शेविंग-बक्स, क्रीम की शीशी, टाइमपीस, ताश का डिब्बा, कपड़े साफ़ करने का ब्रश और बच्चों के कुछ खिलौने रखे हैं।

अँगीठी के नीचे दीवार के साथ मेज़ लगी है, जिस पर कुछ पुस्तकें बिखरी पड़ी हैं। मेज़ के तीन ओर कुर्सियाँ हैं, जिनमें से कुछ का मुँह मेज़ की ओर

है और कुछ का दर्शकों की ओर। एक कुर्सी की पीठ पर पुरानी क़मीज़ और दूसरी पर नई पतलून पड़ी है। ये दोनों गृहस्वामी लाला गिरिधारी लाल के छोटे भाई, रघुनन्दन की सम्पत्ति हैं, जो इन्हें बड़ी बेपरवाही से फेंककर आँगन में नहाने गया हुआ है।

बाईं ओर, दीवार के साथ, एक पलंग बिछा है, जो शायद रघु के पहले विवाह में आया था। इस पर सफ़ेद दुसूती की फूलदार चादर बिछी है और सुरुचि से कढ़ा हुआ तकिया इस समय जैसे इस साम्राज्य का एकाधिपति बना, आराम कर रहा है।

दाईं दीवार में खूँटियों पर कपड़े टँगे हैं, उन पर दो-एक टाइयाँ बेपरवाही से रखी हैं। टँगे हुए कपड़ों के नीचे फ़र्श पर दो आरामकुर्सियाँ बिछी हुई हैं। सामने अँगीठी के दाईं ओर भी एक खूँटी है, जिस पर कोट लटक रहा है।

बाईं ओर पलंग के पाँयते की तरफ़ एक दरवाज़ा है, जो दूसरे कमरे को गया है। सामने वाली दीवार में मेज़ के दाईं ओर एक दरवाज़ा है, जो आँगन में खुलता है। दोनों दरवाज़ों पर कुछ सस्ते लकीरदार पर्दे लगे हैं।

अँगीठी पर रखे हुए टाइमपीस में इस वक़्त साढ़े दस बज रहे हैं। साधारणतः लाला गिरिधारी लाल इस समय तक अपनी दुकान पर जा चुके होते हैं, जो बड़े बाज़ार में है और जिस पर 'गिरिधारी लाल बूट हाउस' का नया चमचमाता बोर्ड आने-जाने

वालों को अनायास ही अपनी ओर आकर्षित कर लेता है। दुकान तो लाला गिरिधारी लाल ने पहले अपेक्षाकृत छोटे बाज़ार में ही खोली थी, पर यह देखकर कि यूनिवर्सिटी और कॉलेजों के लड़के-लड़कियाँ (जिन पर नगर का आधा व्यापार निर्भर है) बड़े बाज़ार से परे जाने का कष्ट नहीं करते, वे भी अपनी दुकान वहीं उठा लाए। पहले-पहल तो उनकी दुकान बड़ी-बड़ी दुकानों में भिंची हुई, कारों और ताँगों से उतरने वालों को दिखाई ही न देती थी और भीड़ से दबकर पैदल चलने वाले इक्का-दुक्का ग्राहक ही वहाँ आ पाते थे, पर अब इस छोटी-सी दुकान ने खासे पंख फैला लिये हैं और अपने इर्द-गिर्द की दुकानों को अपनी परिधि में लेकर बड़ी दुकानों का मुक़ाबला करने लगी है। ग्राहक अब इसकी तड़क-भड़क देखकर आप-से-आप इसकी ओर खिंचे चले आते हैं।

इस उन्नति को प्राप्त होकर भी लाला गिरिधारी लाल पुराने विचारों के वही सीधे-सादे, सरल व्यक्ति हैं। आज महीने का अन्तिम रविवार होने के कारण दुकान बन्द है और इसीलिए उन्होंने भी आज छुट्टी मनाई है। रहा छोटा भाई रघु, तो प्रान्त के प्रसिद्ध अंग्रेज़ी दैनिक के सम्पादन-विभाग में होने और रात-रात भर ड्यूटी देने के कारण, वह इस समय मीठी गहरी नींद के मज़े ले रहा होता है, पर एक तो आज रात को उसे दफ़्तर से छुट्टी है और दूसरे इतवार होने के कारण उसे अपने

कई मित्रों से मिलना है (जिनकी संख्या, उसकी पत्नी के स्वर्गवास और उसके एकदम संवाददाता से सम्पादक होने के बाद, उत्तरोत्तर बढ़ रही है) इसीलिए अपने स्वभाव के विपरीत वह आज दस बजे से ही उठकर, नित्य-कर्म से निवृत्त हो, नहाने चला गया है।

पर्दा उठने के कुछ क्षण बाद आँगन के दरवाज़े से एक हाथ में साबुन की डिबिया और तेल की शीशी तथा दूसरे में तौलिया लिये, नई क़मीज़ और लकीरदार पायजामा पहने, चप्पल फटफटाते और काँपती आवाज़ में—

मैं बन का पंछी बन के बन बन बोलूँ रे
बन बन बोलूँ रे

—गाते हुए, रघु जल्दी-जल्दी प्रवेश करता है।

आयु कोई अट्ठाईस-तीस वर्ष, पतला, छरहरा शरीर, गन्दुमी रंग, तीखे नक़्श और आँखों में निरन्तर रतजगे के कारण तन्द्रा की हल्की-सी रेखा।

गाते-गाते तेल और साबुन अँगीठी पर रखता है और तौलिये से हाथ पोंछकर उसे एक कुर्सी पर फैला देता है।

तभी लाला गिरिधारी लाल प्रवेश करते हैं।

गले में क़मीज़, उस पर स्वेटर और कमर में, दिन के दस बज जाने के बावजूद, नाइट-सूट का पायजामा। कोई पैंतालीस-छियालीस वर्ष के सीधी-सादी प्रकृति

के व्यक्ति हैं। रघु की अपेक्षा पेट भी उनका कुछ अधिक आगे को बढ़ा हुआ है।

क्योंकि रघु उन्हें 'भाई साहब' कहकर पुकारता है, इसलिए हमें भी उन्हें 'भाई साहब' कहने में कोई आपत्ति न होनी चाहिए। भाई साहब कुछ घबराए हुए हैं और सूरत उनकी बता रही है कि वे किसी विशेष मामले पर बातचीत करने आए हैं।

रघु अपने गुनगुनाने में मस्त, बाल बना रहा है।]

भाई साहब : मैं कहता हूँ, मैं दुकान पर रहता हूँ तो तुम घर होते हो और मैं घर आता हूँ तो तुम दफ़्तर चले जाते हो और सुबह-सुबह तुम्हें जगाया नहीं जा सकता। आख़िर ये लोग, जो मेरी जान खा रहे हैं, इन्हें क्या उत्तर दूँ! *(बाँहें कमर के पीछे रखे कुछ क्षण चुप इधर-उधर घूमते हैं, फिर उसके पास आकर)* सोचता था, तुम उठकर मेरी ही ओर आओगे, पर देख रहा हूँ कि नहाकर कहीं सीधे बाहर जाने को तैयार हो। मैं कहता हूँ, तुम कोई फ़ैसला क्यों नहीं करते।

रघु : *(गाना बन्द करके)* फ़ैसला!

भाई साहब : देखो, तुम्हारी पत्नी का देहान्त हुए आज दो वर्ष हो चुके हैं। वे लोग कब तक रुक सकते हैं? लड़कियाँ तो अमर बेल की तरह बढ़ती हैं।

रघु : *(चुप बाल बनाता है।)*

भाई साहब : मैं कहता हूँ, किसी भले मानस को यों परेशान कर, बाद में जवाब देना क्या उचित है? कल सुबह शामलाल फिर आया था।

[रघु शीशा-कंघी वहीं अँगीठी पर रख देता है और कुर्सी से पतलून उठाकर जल्दी-जल्दी अन्दर कमरे में चला जाता है और किवाड़ लगभग बन्द कर लेता है। भाई साहब उसके पीछे जाकर दरवाज़े के पास खड़े हो जाते हैं।]

भाई साहब : देखो, मेरे विचार से तुम्हें अन्य रिश्तों का ध्यान छोड़, इसे ही पसन्द करना चाहिए। *(कुछ क्षण घूमते हैं, फिर वहीं दरवाज़े के पास आकर)* रिश्तेदार हमारे देखे-भाले हैं, हम उन्हें और वे हमें जानते हैं, किसी तरह के ठाट-बाट, धूम-धाम की ज़रूरत नहीं। घर की-सी बात है। *(फिर घूमकर ज़रा धीमे स्वर में रघु को समझाते हुए)* हम अगर कुछ अधिक शान-बान न दिखा सके तो भी कोई नाम न धरेगा। और देखो, सबसे बड़ी बात तो यह है कि तुम्हारी साली को तुम्हारे बच्चे से जो प्यार हो सकता है, वह किसी दूसरी लड़की को नहीं हो सकता। मेरे विचार में यदि तुम्हें विवाह करना है तो रक्षा से...

रघु : *(पतलून पहनकर बाहर आते हुए)* रक्षा से विवाह—हरगिज़ नहीं!

[खूँटी से टाई उठाकर शीशे के सामने जा खड़ा होता है और जल्दी-जल्दी उसकी गाँठ बाँधता है।]

भाई साहब : *(उदासीनता से मुड़ते हुए)* ख़ैर, तुम्हारी इच्छा! मेरा काम तो उनका सन्देश देना था, सो मैंने दे दिया।

[बाहर जाने लगते हैं।]

रघुनन्दन : *(टाई बाँधते-बाँधते रुककर)* लेकिन भाई साहब...

भाई साहब : *(मुड़कर, चिड़चिड़े स्वर में)* मैं कहता हूँ, अब तुम्हारी इच्छा! मैंने तो शामलाल से कल ही कह दिया था कि भाई, वह हमारे कहने में बिलकुल नहीं! *(मेज़ के कोने पर बैठ जाते हैं)* कल सुबह वह आया था। शगुन वह मुझे ही दे रहा था, पर मैंने उसे तभी समझा दिया था कि रघु के मामले में मुझे या उसकी भाभी को कुछ नहीं करना, कुछ नहीं कहना! जहाँ उसका जी चाहे, जहाँ उसका मन मिले, विवाह करे। हम न उसे करने को कहेंगे, न छोड़ने को।

रघु : *(टाई बाँधते-बाँधते रुककर)* लेकिन भाई साहब...

भाई साहब : दोपहर को वह फिर आया। साथ उसके उसका बड़ा भाई भी था। उन्हें शक था कि शायद मैं यह नाता पसन्द नहीं करता। मैंने उन्हें समझाया कि आप कभी यह ख़याल न करें। हो सकता है, कुछ कारणों से मैं इसे पसन्द ही करूँ, पर रघु को मैं विवश न करूँगा। न कहूँगा करो, न कहूँगा छोड़ो! हाँ, सन्देश मैं आपका उसे पहुँचा दूँगा।

रघु : *(टाई बाँधकर कोट पहनते हुए)* लेकिन भाई साहब...

भाई साहब : वे ज़ोर देने लगे कि आप मान जाएँ तो हम रघु को जाकर मना लेंगे।

रघु : *(नौकर को आवाज़ देते हुए)* बिरजू, बिरजू!

भाई साहब : *(अपनी बात ज़ारी रखते हुए)* किन्तु मैंने हाथ जोड़ दिये *(हाथ जोड़ते हैं)* कि आप उसे ही जाकर मनाइए।

['उसे' पर सिर हिलाते हैं।]

रघु : *(कुर्सी पर बैठकर दाएँ पाँव में मोज़ा पहनते हुए)* लेकिन भाई साहब...*(बिरजू को आते देखकर)* क्यों बे, जूतों को पालिश नहीं किया तूने, कल रात तुझसे क्या कहा था!

(उठकर उसे कान से पकड़कर जूते दिखाते हुए) अभी तक वैसे-के-वैसे धरे हैं...और मुझे जल्दी जाना है। चल, जल्दी पालिश कर इन्हें।

[उसका कान उमेठते हुए उसे वहीं बैठाकर फिर वापस आ कुर्सी पर बैठ, दाएँ पाँव में मोज़ा पहनने लगता है।]

भाई साहब : *(उसी स्वर में)* शाम को वह फिर आया, उसके साथ उसके पिता भी थे। विवश हो, मैंने उन्हें सारी स्थिति बताई। समझाया कि महाशय जी, आप रघु को नहीं जानते। अजीब स्वभाव का आदमी है। अव्वल तो जो हम कहेंगे, वह करेगा ही नहीं और यदि हमारे ज़ोर देने पर उसने रिश्ता स्वीकार भी कर लिया तो ज़िन्दगी भर हमें सुइयाँ चुभोता रहेगा कि मैं तो कभी विवाह न करता, यदि आप विवश न करते; या आपने 'हाँ' कर दी थी, इसलिए आपकी बात रखने के लिए मैं फँस गया, वरना अमुक लड़की कहीं अच्छी थी और जब भी अपनी पत्नी से किसी बात पर उसका झगड़ा हुआ—और झगड़ा आप जानते हैं, घरों में हो ही जाता है—तो वह उसका सब दोष हमारे मत्थे मढ़ देगा।

रघु : *(बिरजू से बूट और ब्रश लेकर स्वयं ब्रश के दो हाथ मारते हुए)* लेकिन भाई साहब...

भाई साहब : सो मैंने उन्हें कह दिया कि भाई, आप हमें इस अग्नि-परीक्षा में न डालिए। आख़िर रघु से आपका भी तो सम्बन्ध है। बस, जहाँ वह राज़ी, वहीं हम राज़ी।

[फिर दरवाज़े की ओर जाते हैं।]

रघु : *(जूता पहनते हुए)* लेकिन भाई साहब, मैंने कब आपकी बात नहीं मानी?

भाई साहब : *(फिर वापस आते हुए और भी ऊँचे स्वर में)* नहीं मानी! मैं पूछता हूँ, तुम कब हमारी बात मानते हो! हम कहें उत्तर को जाओ तो तुम ज़रूर दक्खिन को जाओगे। अब अगर शामलाल आया या उसका भाई या उसका बाप तो साफ़ इनकार कर दूँगा—साफ़ इनकार—हुँह!

[बेज़ारी से सिर हिलाते हुए फिर दरवाज़े की ओर जाते हैं।]

रघु : *(जूते पहनते-पहनते उठता है। बिरजू उसे जूता पहनाने लगता है)* लेकिन भाई साहब, आप अन्याय करते हैं।

भाई साहब : *(मुड़कर)* मैं अन्याय करता हूँ?

रघु : देखिए, ज़रा कुर्सी पर बैठ जाइए।

भाई साहब : तुम कहो।

[लेकिन वे कुर्सी पर बैठ जाते हैं—इस प्रकार, जैसे उन्हें बरबस बैठाया गया हो। बिरजू रघु को बूट पहनाकर जाता है।]

रघु : यह बताइए, मैंने कब आपकी बात नहीं मानी!

भाई साहब : तुमने कब मानी!

रघु : यह ज़िन्दगी भर का मामला है, भाई साहब! एक बार बिना सोचे-समझे इस अँधेरी खोह में कूदकर देख चुका हूँ। मैं आप ही से पूछता हूँ, आपको इस नाते में कोई आपत्ति नहीं?

भाई साहब : *(फिर दिलचस्पी लेते हुए)* नहीं, तुम्हें पसन्द हो तो हमें क्या आपत्ति हो सकती है।

रघु : मुझे पसन्द हो...*(ज़ोर से ठहाका मारता है)*...रक्षा को, भाई साहब, मैं भली-भाँति जानता हूँ। साली तो वह मेरी ही है। छठी तक तो वह पढ़ी नहीं।

भाई साहब : घर ही में पढ़कर उसने हिन्दी भूषण की परीक्षा दी है...

रघु : भूषण! *(ठहाका लगाते हुए खूँटी से कोट उतारता है)* मैं जानता हूँ। लेकिन इस 'भूषण' के होते हुए भी पत्र तक वह ठीक नहीं लिख सकती। बात करने, कपड़ा पहनने की उसे तमीज़ नहीं। चार मित्र आ जाएँ तो लाज से दुबककर अपने कमरे में जा बैठे। *(कोट पहनते हुए)* मैं पूछता हूँ, आप किस तरह मुझे फिर चक्की का पाट गले में बाँधने को कहते हैं?

भाई साहब : *(उदासीनता से एक टाँग हिलाते हुए)* मैं कब कहता हूँ!

रघु : *(बढ़कर अँगीठी से हैट उठाते हुए)* विमला से मेरा कितना झगड़ा हुआ करता था! *(ब्रश उठाकर हैट साफ़ करता है)* माना, बाद को हम एक-दूसरे को समझ गए थे; माना, बाद को मुझे उससे प्रेम भी हो गया था; यह भी मान लिया कि बाद को हमारा वैवाहिक जीवन अपेक्षाकृत सुखी था *(क्रीम की शीशी पर दृष्टि जाती है, हैट मेज़ पर रख देता है और क्रीम की शीशी उठा लेता है)* पर ज़रा उन दिनों की कल्पना कीजिए *(शीशी खोलकर उँगली से मुँह पर क्रीम लगाता है)* जब मेरा विवाह हुआ ही था। वह पहला वर्ष...उसकी कल्पना मात्र से मेरे प्राण काँप जाते हैं। हम कितना लड़ते-झगड़ते थे, कितनी बार आपको और भाभी को हम दोनों में समझौता कराना पड़ता था।

[शीशे के सामने जाकर ज़ोर-ज़ोर से मुँह पर क्रीम मलता है।]

भाई साहब : *(उसी उदासीनता से)* हाँ, अच्छी तरह सोच-विचार लो।

[भाभी अपने रोते हुए बच्चे को लिये, झुनझुना बजाकर उसे चुप कराती हुई प्रवेश करती हैं। रघु हैट लेकर शीशे में देख, उसे सिर पर रखता है।

भाभी की आयु पैंतीस वर्ष के लगभग है। सुन्दर और हँसमुख। जब उनका विवाह हुआ था तो वे केवल मैट्रिक थीं। परन्तु घर ही में अध्ययन कर, उन्होंने बी.ए. की डिग्री प्राप्त की है। कदाचित् इसी शिक्षा का सुपरिणाम है कि दो बच्चों की माँ होने पर भी उनकी सुन्दरता में कोई विशेष अन्तर नहीं आया। आँखों पर सुनहरे फ्रेम का सुन्दर चश्मा है और शिक्षा ने वय के साथ मिलकर उनके व्यक्तित्व को सौम्यता के साथ-साथ कुछ विचित्र-सा आकर्षण प्रदान कर दिया है। उनकी गति में तरुण नदी का-सा चांचल्य नहीं, भरे-पूरे नद का-सा गाम्भीर्य है।

नौकर होते हुए भी घर का सब काम अपने हाथ से करने के कारण अथवा सन्तति में दो बच्चों के बाद बस कर देने के कारण उनके होंठों पर सदैव एक स्वर्ण-स्मिति खेलती रहती है। साधारण शलवार-क़मीज़ और दुपट्टा पहने हैं। क़मीज़ के ऊपर घर का बुना हुआ गहरे लाल रंग का एक छोटा-सा स्वेटर भी है। कानों में लम्बे-लम्बे काँटे हैं और हाथों में चूड़ियाँ। सिर का दुपट्टा चूँकि खिसक गया है, इसलिए सुचारु रूप से सँवरे हुए बाल साफ़ दिखाई देते हैं।]

भाभी : *(बच्चे को पुचकारते हुए)* पुच, पुच।

रघु : *(अपनी बात को ज़ारी रखते हुए भाई साहब से)* और शिक्षित साथी की ज़रूरत मुझे पहले से कहीं ज़्यादा है।

भाभी : इसमें क्या शक है!

रघु : *(भाभी की ओर मुड़कर)* क्या!

भाभी : *(उसकी बात का उत्तर दिये बिना नन्हे से)* क्यों नन्हे, चाची तुम्हें पढ़ी-लिखी चाहिए या अनपढ़!

रघु : *(विवशता से)* आप लोग, भाई साहब, मेरी कठिनाई को बिलकुल नहीं समझते। देखिए, समाज में मेरा दर्जा पहले से कहीं ज़्यादा बढ़ गया है। दर-दर की ठोकरें खाने वाले, प्राय: अपमान को भी अपने पेशे का आवश्यक अंग समझकर चलने वाले संवाददाता और अपनी कुर्सी पर बैठे, सारे संसार को आलोचना के तीरों से घायल कर देने वाले सम्पादक में अन्तर है। अब न वे मित्र रहे, न समाज। पहले मित्रों में कम पढ़ी-लिखी पत्नी भी अपेक्षाकृत आदर से देखी जाती थी और इनमें अच्छी पढ़ी-लिखी का भी कोई महत्त्व नहीं। अशोक की पत्नी बी.ए. है, राजेन्द्र की एम.ए., सत्य की एम.बी.बी.एस.! अब बताइए, रक्षा इनमें किस तरह फ़िट बैठेगी।

[फिर शीशे में अपनी सूरत देखता है।]

भाई साहब : *(गम्भीरता से, फिर दिलचस्पी लेते हुए)* तुम उसे और पढ़ा सकते हो।

रघु : *(शीशे को ज़ोर से मेज़ पर फेंकते हुए ऊँचे स्वर में)* मेरे पास न अब वह समय है, न वह उत्साह।

[रामप्रसाद प्रवेश करता है।

आयु कोई छब्बीस-सत्ताइस वर्ष। भाभी के छोटे भाई हैं और इस नाते से इस घर में उनका जो महत्त्व है, उसे जानते हैं। काम आपने अभी कोई किया नहीं, बल्कि यों कहना चाहिए कि शुरू तो बहुत किये, पर पूरा कोई नहीं किया। आजकल एक बीमा कम्पनी के एजेंट के रूप में लाहौर के आनन्द ले रहे हैं—'जीवन का अन्त जब दुख है तो जितने दिन सुख से बिताए जा सकें, वही इस जीवन का सार है'—इस सिद्धान्त में विश्वास रखते हैं। बातें आप हर विषय पर कर सकते हैं, बल्कि हर विषय पर राय देना अपना जन्मसिद्ध अधिकार समझते हैं।

अभी रात ही के कपड़ों में हैं। नौकरी तो इनकी है नहीं और न ही कोई गारंटी बीमा कम्पनी को देनी है, कमीशन पर काम करते हैं, फिर क्या ज़रूरत है कि सुबह-सुबह उठकर नींद हराम करें।]

रामप्रसाद : *(दरवाज़े ही से)* क्या बात है, इतना शोर क्यों मचाया जा रहा है?

भाभी : हमारे देवर अपनी भावी पत्नी का फ़ैसला कर रहे हैं।

रघु : भाभी!

[एक बार फिर शीशा उठाकर ठोड़ी के नीचे लगी क्रीम ज़ोर-ज़ोर से मलता है।]

रामप्रसाद : क्या निर्णय किया?

[कुर्सी पर बैठ जाता है।]

रघु : *(उसके सिर पर पहुँचकर)* तुम पहले यह बताओ कि समाज में मेरा दर्जा बढ़ गया है या नहीं?

रामप्रसाद : *(तनिक पीछे हटकर)* निश्चय!

रघु : मेरे मित्र बदल गए हैं या नहीं?

रामप्रसाद : निश्चय!

रघु : मुझे शिक्षित पत्नी की ज़रूरत पहले से अधिक है या नहीं?

रामप्रसाद : निश्चय!

रघु : अब बताओ, मेरे ससुराल वाले मेरी साली रक्षा के लिए ज़ोर दे रहे हैं और भाई साहब ने...

भाई साहब : मैंने कुछ नहीं कहा, मेरा केवल यही ख़याल था कि नये नातेदार ढूँढ़ने के बदले, पुराने देखे-भाले रिश्तेदार अच्छे हैं। और फिर मैं यह सोचता था कि मौसी होने के नाते रक्षा इसके लड़के को अच्छी तरह रखेगी। वैसे लड़की घर के काम-काज में दक्ष है। खाना पकाने और सीने-पिरोने में...

रघु : *(शीशे में देखकर टाई को ठीक करता हुआ)* पर मैं रसोइन या दरज़िन नहीं चाहता।

भाई साहब : सुशील है।

रघु : *(उपेक्षा से)* गुड़िया!

भाई साहब : *(जैसे समझाते हुए)* और मैं कहता हूँ, तुम उसे और पढ़ा लेना।

रघु : *(तनिक ऊँचे स्वर में)* मैंने पहले कह दिया है कि मेरे पास न अब वह समय है, न उत्साह!

रामप्रसाद : बुरी तो नहीं रक्षा।

रघु : तुम मूर्ख हो!

[रामप्रसाद ठहाका लगाता है, जिसमें और कोई शामिल नहीं होता।]

भाभी : *(हँसते हुए)* भाई, हमारे देवर को तो ऐसी लड़की चाहिए, जो श्रीमती अशोक की तरह साड़ी पहन सके, श्रीमती राजेन्द्र की तरह डेढ़ दर्जन ढंग से बाल बना सके और उन लेडी डॉक्टर की भाँति घर की सफ़ाई...

रामप्रसाद : इन नई पढ़ी-लिखी लड़कियों को और आता ही क्या है कपड़े पहनना और घर की सफ़ाई करना और वह भी तब, जब धोबी और नौकर साथ दें।

[ठहाका मारता है। अन्य कोई इस ठहाके में योग नहीं देता।]

भाभी : *(होंठों पर हल्की-सी मुस्कान फैल जाती है)* पढ़ी-लिखी लड़कियों को बहुत कुछ आता है...

भाई साहब : क्या आता है? मैं भी तो सुनूँ!

रघु : *(चिढ़कर)* अच्छा, आपकी जो इच्छा हो करें, मुझे तो देर हो रही है।

[एक बार शीशे में देखकर तेज़-तेज़ चलता है।]

भाभी : अरे, खाना तो खाते जाओ।

रघु : *(आँगन के दरवाज़े से)* आज अशोक के घर मेरी दावत है।

[चला जाता है।]

भाभी : *(भाई साहब से)* मैं कहती हूँ, हँसी के साथ हँसी रही। आप रक्षा के लिए क्यों इतना ज़ोर दे रहे हैं?

भाई साहब : *(चुप)*

भाभी : जब उसे पसन्द ही नहीं तो कै दिन निभ सकेगी? फिर वही रोज़ की किल-किल होगी।

भाई साहब : *(चुप)*

रामप्रसाद : अब अनपढ़ लड़की से इनका गुज़ारा हो चुका।

भाभी : प्रोफ़ेसर राजलाल की पत्नी आई थीं। उन्हें रघु पसन्द है और रघु के बच्चे के मामले में भी उन्हें कोई आपत्ति नहीं। उनकी लड़की बी.ए. में पढ़ती है। गाना-बजाना भी ख़ूब जानती है और मैं तो सुनती हूँ कि नृत्य-कला में भी निपुण है और सुन्दर...रक्षा बेचारी उसके सामने क्या ठहरेगी!

भाई साहब : *(दृष्टि अचानक घड़ी पर जा पड़ती है, चौंककर)* ओह! ग्यारह बजने को हैं। *(अर्थहीन हँसी)* और मुझे अभी नहाना है।

भाभी : *(भेद-भरे स्वर में)* और प्रोफ़ेसर राजलाल प्रतिष्ठित व्यक्ति हैं, उनके मित्रों में बड़े-बड़े आदमी शामिल हैं। यहाँ रिश्ता करने से आपको भी कितना लाभ हो सकता है। इन बस्ती वालों के यहाँ क्या रखा है? आए-गए को पानी तक तो पूछ नहीं सकते!

भाई साहब : *(हवा को हाथ से चीरते हुए)* हटाओ जी, मैं नहाऊँगा। शाम को देखा जाएगा यह सब! चलो, तौलिया आदि स्नानगृह में रखो।

[आँगन की ओर जाते हैं, पीछे-पीछे भाभी जाती हैं।]

रामप्रसाद : मैं कहता हूँ, मेरी कहीं दावत नहीं, मुझे खाना यहीं पहुँच जाए।

[मेज पर पाँव टिकाकर पीछे को लेट जाता है।]

पर्दा

दूसरा अंक

[इससे पहले कि रघु मि. अशोक के दरवाज़े पर दस्तक दे, ड्रॉइंग-रूम में मि. अशोक और उनकी श्रीमती में उसी के आगमन को लेकर बहस चल रही है। इसी वाद-विवाद में ऐसा क्षण आ जाता है कि मि. अशोक चुप सामने शून्य में देखने लग जाते हैं और श्रीमती अशोक काउच पर पीछे को लेट जाती हैं। तभी पर्दा धीरे-धीरे उठता है और श्रीमती अशोक सामने अँगीठी के नीचे रखे हुए लम्बे काउच के कोने में बैठी दिखाई देती हैं।

पर्दा उठते समय वे सामने की छोटी-सी मेज़ पर, पाँव-पर-पाँव रखे पीछे को लेटी हुईं, सिल्क के एक रूमाल पर फूल निकाल रही हैं।

गहरे पीले रंग की किनारीदार साड़ी पहने हैं और इसमें उनका पीला-सा सुन्दर मुख और भी सुन्दर लग रहा है। साड़ी का छोर सिर से खिसककर गर्दन के गिर्द लिपट गया है अथवा स्वयं ही लिपटा लिया गया है, क्योंकि बालों में कृत्रिम घूँघर डाले गए हैं और उन घूँघरों में—कदाचित् स्थायी बनाने के लिए—सुइयाँ अभी लगी हुई हैं।

लम्बे काउच के दोनों ओर तनिक हटकर, दो छोटे काउच पड़े हैं। फ़र्श पर दरी बिछी है और दरी के मध्य ग़लीचा और उस पर किसी समाचार-पत्र के पृष्ठ बिखरे पड़े हैं।

बाईं दीवार के मध्य एक छोटी-सी मेज़ है, जिस पर ग्रामोफ़ोन की मशीन और रिकॉर्डों का डिब्बा रखा हुआ है। उससे परे, कोने में फ़र्श पर एक चिलमची रखी है और उसके पास पानी का एक जग रखा हुआ है। ग्रामोफ़ोन पर हाथ रखे, केवल क़मीज़ और पतलून पहने, मि. अशोक शून्य में देख रहे हैं। उनकी दृष्टि जैसे अँगीठी पर पीतल के दो हाथियों के मध्य रखे हुए ग्लोब पर जमी है।

मि. अशोक बत्तीस-तैंतीस वर्ष के युवक हैं। व्यवसाय के विचार से भाषण-दाता तो, प्रकाशक तो, लेखक तो, जो भी चाहे समझ लीजिए। समाज की पुनर्व्यवस्था आपका प्रिय विषय है और इसी पर आपने कई लेख और पुस्तकें लिखी हैं और काफ़ी प्रभावशाली भाषण दिये हैं। अपनी इसी योग्यता के बल पर, स्वयं विश्वविद्यालय की कोई डिग्री न रखने पर भी, श्रीमती अशोक-ऐसी ग्रेजुएट लड़की को विवाह के बन्धन में बाँध लाए हैं।

इस समय उनकी आकृति परेशान है और बाल बिखरे हुए हैं।

ग्लोब से उनकी दृष्टि अँगीठी पर रखी अपनी फ़ोटो पर जाती है; वहाँ से श्रीमती जी की एक

फ़ोटो पर और वहाँ से अपनी इकट्ठी फ़ोटो पर और एक लम्बी साँस लेकर सिर नीचे और हाथ पीछे किये घूमने लगते हैं। दाईं ओर की दीवार में दो अलमारियाँ हैं, जिनके पट खुले हैं और जिनमें चुनी हुई पुस्तकें साफ़ दिखाई दे रही हैं। वहाँ तक पहुँचकर अन्यमनस्क भाव से एक पुस्तक खींच लेते हैं। मुड़कर एक-दो पन्ने देखते हैं और श्रीमती जी के पाँवों के पास मेज़ पर पटक देते हैं। फिर अचानक—]

अशोक : देखो सीता जी, यह आपकी ज़्यादती है।

[सीता जी कोई उत्तर नहीं देतीं, फूल निकाले जाती हैं। मि. अशोक कुछ पग चलते हैं, फिर रुककर—]

मि. अशोक : नौकर में तो उठने की हिम्मत नहीं...*(शिकायत के स्वर में)* आप ज़रा थोड़ा-सा कष्ट कर लेतीं तो...

श्रीमती अ. : *(पूर्ववत सुई चलाती हुईं, दृष्टि उठाए बिना)* मैंने कह दिया, मुझमें स्वयं हिम्मत नहीं!

अशोक : *(मनुहार के स्वर में)* देखो सीता, खीर तो मैंने पका ही डाली है, सब्ज़ी मैं ले आया हूँ। तुम ज़रा उसे चढ़ा देतीं और चार रोटियाँ...*(चुटकी बजाते हैं।)*

श्रीमती अ. : मैंने कभी बनाई भी हों!

[अँगीठी के ऊपर दीवार पर टँगे क्लॉक में टन से आधा घंटा बीतने की आवाज़ आती है।]

अशोक : *(घबराकर)* देखो साढ़े ग्यारह बज गए, रघुनन्दन आ ही रहा होगा। *(विनीत स्वर में)* उठो मेरी रानी...

श्रीमती अ. : *(बिना उनकी ओर देखे)* मेरे सिर में दर्द है, सारी रात

जागती रही हूँ।

अशोक : *(तनिक कटु स्वर में)* देखो सीता, मैं तुम्हें व्यर्थ कभी कष्ट नहीं देता। इतने दिनों से तन्दूर ही से रोटी आ रही है, पर कल रघु को मैंने निमंत्रण दे दिया...

श्रीमती अ. : जैसे मुझसे पूछकर...

अशोक : *(ज़रा मुस्कराकर)* ओह हो! तुम तो समझतीं ही नहीं, मैंने यह जो नई पुस्तक लिखी है, उस पर मैं रघु से समालोचना कराना चाहता हूँ। अंग्रेज़ी में समालोचना का...*(हँसते हैं)*...तुम नहीं जानतीं इन दास-वृत्ति रखने वाले भारतीयों पर क्या प्रभाव पड़ता है। *(फिर हँसते हैं)*...नहीं तो इस स्थिति में निमंत्रण...

[जैसे उत्तर में 'अच्छा चलो' सुनने के लिए रुक जाते हैं। पर श्रीमती जी यह कहना उचित नहीं समझतीं। हाँ, तेवर चढ़ा लेती हैं कि कौन उत्तर देने का कष्ट करे।]

अशोक : लो, अब उठो रानी!

श्रीमती अ. : *(जिनका सन्तोष अब अपनी सीमा को पहुँच चुका है, उठकर और पाँव मेज़ से उठाकर)* मैं कहती हूँ, आपने मुझे पागल समझ रखा है। एक बार कह दिया मुझमें हिम्मत नहीं! *(तनिक और ऊँचे स्वर में)* मुझमें हिम्मत नहीं!! फिर वही *(मि. अशोक की आवाज़ की नक़ल उतारते हुए)* उठो रानी!...उठो रानी! इस रानी से तो मैं बाँदी भली! रात पल भर को तो ऊषा ने सोने नहीं दिया। दो बार उसे दूध पिलाने उठी। आप तो न जाने कैसे घोड़े बेचकर सोए, बीस आवाज़ें दीं, हिले तक नहीं और तुलसी भी कम्बख़्त मौत से होड़ लगाकर...

अशोक : वह तो बीमार है।

श्रीमती अ. : बीमार है तो मैं क्या करूँ, दो नौकर क्यों नहीं रख लेते?

अशोक : *(समझौते के स्वर में)* पर सीता, दूध तो हमीं रोज़ पिलाते हैं, आज तुम्हें पिलाना पड़ गया तो कौन-सी आफ़त आ गई...

श्रीमती अ. : *(और भी तनकर)* मैंने कितनी बार आपसे नहीं कहा कि एक नौकर ऊषा के लिए और रख दो और रसोइये भी तो दो होने चाहिए। एक बीमार ही हो जाता है, चला जाता है...

अशोक : *(चिढ़कर)* मर ही जाता है, क्यों! *(तनिक और ऊँचे स्वर में)* दो तो थे, एक चला गया तो मैं क्या करूँ! घर में नौकरों की मंडी तो है नहीं कि एक चला गया तो दूसरे दिन दूसरा ले आए।

श्रीमती अ. : *(उनसे भी ऊँचे स्वर में)* दूसरे दिन! पन्द्रह दिन हो गए...

अशोक : *(चीख़कर)* तुम तो ऐसे कहती हो जैसे जान-बूझकर नहीं लाता।

श्रीमती अ. : *(उनसे ज़्यादा चीख़कर)* मैं क्या जानूँ? मैं स्वयं तो चूल्हा झोंक नहीं सकती।

[फिर पहले की तरह लेट जाती हैं। पाँव फिर मेज़ पर रख लेती हैं।]

अशोक : *(बेतरह झल्लाकर)* जैसे रोज़ ही तुम चूल्हा झोंकती हो!... मुझे मालूम होता, मुझे स्वयं ही रसोइया भी बनना पड़ेगा तो किसी कम पढ़ी-लिखी से...

श्रीमती अ. : तो अब कर लीजिए, यह अरमान भी क्यों रह जाए!

अशोक : *(गला फाड़कर)* सीता...

[बाईं ओर, बरामदे में खुलनेवाले दरवाज़े पर टिक-टिक की आवाज़ आती है।]

अशोक : *(धीरे से)* शायद रघुनन्दन है।

रघु : *(बाहर से)* मैं हूँ रघु!

अशोक : *(स्वर में हर्ष और कोमलता लाकर)* आओ, आओ!

[मुड़कर दरवाज़े की ओर बढ़ते हैं। श्रीमती अशोक पाँव नीचे करके, उठकर बैठ जाती हैं। रघु प्रवेश करता है।]

रघु : क्या बात है, ज़ोर-ज़ोर से चीख़ रहे हो? *(श्रीमती अशोक से)* नमस्ते जी...

[श्रीमती अशोक आँखों से कुछ कहती हैं, जो शायद 'नमस्ते' ही है।]

अशोक : *(बेज़ारी के स्वर में)* चीख़ रहा हूँ, क्या करूँ? बीस बार कहा है कि भाई, तुम आराम करो! समय पर एक घड़ी का आराम, बाद को एक वर्ष की मुसीबत से बचाता है, पर ये मानती ही नहीं। *(थके हुए स्वर में)* स्वास्थ्य इनका ख़राब है, रात ये सोईं नहीं; पर ज्योंही सुबह मैंने बताया कि तुम्हारा खाना है, तो झट रसोईघर में जा बैठीं। मैं सब्ज़ी लेने गया था—मेरे आते-आते इन्होंने खीर बना डाली। *(हँसते हैं)* और खीर बनाने में तो सीता जी को बस, कमाल हासिल है। मुझे लग गई देर। वापस आया तो बड़ी मुश्किल से इन्हें रसोईघर से उठाया कि भाई, आराम करो, फिर मुझे ही डॉक्टरों के पीछे मारा-मारा फिरना पड़ेगा।

रघु : *(समर्थन के स्वर में)* नहीं, नहीं, इस मामले में हठ न करना चाहिए।

अशोक : और फिर मैंने कहा कि रघु कोई पराया आदमी तो है नहीं, किसी-न-किसी तरह प्रबन्ध हो ही जाएगा।

रघु : नहीं, नहीं, कोई ऐसा कष्ट करने की आवश्यकता नहीं।

अशोक : अरे, कष्ट क्या, देखो मिनटों में *(चुटकी बजाते हैं)* सब कुछ हो जाएगा। *(पत्नी से)* लो, अब उठो, सब ठीक कर लेंगे। तुम तनिक भी चिन्ता न करो; बस, ज़रा ऐस्पिरीन[1] लेकर सो रहो।

रघु : मेरा विचार है, ऐस्पिरीन के साथ यदि एक गोली 'कोनीन'[2] ले लें तो और भी अच्छा है।

अशोक : हाँ, हाँ, उठो!

[श्रीमती अशोक बड़ी कठिनाई से उठती हैं, जैसे बीमारी ने उसकी सारी शक्ति छीन ली है।]

श्रीमती अ. : *(रघु से)* मि. रघु, माफ़...

रघु : ओह-हो, सब ठीक है, आप आराम कीजिए।

[तब मि. अशोक सहारा देकर उन्हें दरवाज़े की ओर ले जाते हैं, जो सामने की दीवार में अँगीठी के दाईं ओर है और शयन-कक्ष को जाता है।]

अशोक : *(पर्दे को उठाकर पलंग की ओर संकेत करते हुए)* लो, अब तुम वहाँ जाकर सो रहो। मैं अभी ऐस्पिरीन भेजता हूँ।

---

1. सिरदर्द की अंग्रेज़ी दवा।
2. ज्वर की अंग्रेज़ी दवा।

[पर्दा छोड़कर वापस आते हैं।]

: *(नौकर को आवाज़ देते हैं)* तुलसी, तुलसी! *(स्वयं ही)* तुलसी तो बीमार है! *(खोखली हँसी हँसते हैं।)*

[और समीप आ जाते हैं।]

: *(रघु से)* बैठो, खड़े क्यों हो?

[रघु बैठ जाता है, मि. अशोक की दृष्टि अचानक ग़लीचे पर पड़े अख़बार की ओर जाती है।]

: *(समाचार-पत्र उठाकर)* आख़िर कांग्रेस की कार्यकारिणी के तेरह सदस्यों ने त्याग-पत्र दे दिया, लेकिन आश्चर्य तो यह है कि जवाहरलाल ने भी...

[छोटे काउच में धँस जाते हैं।]

अशोक : *(समाचार-पत्र को मरोड़कर गोद में रखते हुए)* अच्छा, तुम यह बताओ कि तुम्हें क्या पसन्द है? दुर्भाग्य से नौकर हमारा बीमार है और तुम देख ही रहे हो, सीता जी की तबीयत ठीक नहीं। तो फिर रोटी होटल से मँगाई जाए! सिन्ध होटल से सारा प्रबन्ध किया जा सकता है। सब कुछ मिनटों में हो जाएगा। *(चुटकी बजाते हैं।)*

रघु : देखो भाई, कष्ट न करो। मुझे कुछ वैसी भूख भी नहीं। फिर किसी दिन सही।

अशोक : इसमें कष्ट क्या है! *(हँसते हैं)* पर सुनो, घर और होटल की रोटी तो हम रोज़ ही खाते हैं। कभी कुछ विभिन्नता भी होनी चाहिए। आज तन्दूर ही की क्यों न रहे? *(जैसे तन्दूर के ज़िक्र ही से किसी दूसरी दुनिया में पहुँच गए*

हैं) माश की छौंकी हुई दाल हो, तख़्त महल का घी और तन्दूर के पराँठे...मैं तो, कसम तुम्हारी, इन चीज़ों को तरस गया हूँ...

[बाहर टिक-टिक की आवाज़ आती है।]

अशोक : *(वहीं बैठे-बैठे)* कौन है?

तन्दूर वाला : *(बाहर से)* जी मैं हूँ, तन्दूर वाला!

अशोक : क्या बात है!

तन्दूर वाला : हुज़ूर, इतने दिनों से खाना आ रहा है, हिसाब...

अशोक : *(जल्दी से उठकर दरवाज़े की ओर जाते हुए)* क्या बक रहे हो! *(बाहर चले जाते हैं।)*

[दरवाज़ा खट से बन्द हो जाता है। समाचार-पत्र फिर ग़लीचे पर गिर पड़ा है। रघु उसे उठाकर देखता है। कुछ देर बाद मि. अशोक प्रवेश करते हैं।]

अशोक : तन्दूर वाला आया था। तो फिर क्या विचार है, पराँठे ही रहें, घी हमारे यहाँ तख़्त महल से आया है—अबोहर से एक सौ एक मील के फ़ासले से—पराँठों का मज़ा आ जाएगा। *(अचानक मुड़कर अन्दर कमरे की ओर जाते हुए)* बस एक मिनट, ज़रा कोट पहन आऊँ।

[रघु फिर समाचार-पत्र खोलता है। कुछ क्षण बाद कोट पहनते हुए मि. अशोक वापस आते हैं।]

अशोक : *(दरवाज़े ही से)* क्यों भाई, यूथिका रे का रिकॉर्ड सुना तुमने? *(गुनगुनाते हैं)* दरस बिन दूखन लागे नैन। ...एकदम नया है। साढ़े तीन रुपये ले लिये कम्बख़्तों ने। सुनोगे तो सिर धुनोगे।

[बढ़कर ग्रामोफ़ोन को खोलकर गुनगुनाते हुए चाभी देते हैं।]

: देखो, तन्दूर बस नीचे ही है, पाँच मिनट में आ जाऊँगा, इतने में तुम सुनो!

[डिब्बे से रिकॉर्ड निकालकर और सुई बदलकर लगा देते हैं। रिकॉर्ड की ट्यून बजने लगती है।]

: अच्छा लगा तो दूसरी तरफ़ लगा लेना। मीराबाई का गीत हो और यूथिका रे की लोच और दर्द-भरी आवाज़! मैं तो भगवान कसम, किसी दिन कलकत्ता चला जाऊँगा—उस कम्बख़्त से भेंट करने! *(हँसते हुए चले जाते हैं।)*

[रघु अख़बार काउच पर रख देता है। रिकॉर्ड बजना शुरू होता है। इसके साथ ही शयन-कक्ष में, शायद उठकर, ऊषा—मि. अशोक की डेढ़-वर्षीय बच्ची रोने लगती है। इधर अन्तरा शुरू होता है, उधर ऊषा अपने स्वर को पंचम पर ले जाती है। तभी श्रीमती अशोक का थका, चिढ़ा स्वर सुनाई देता है—]

श्रीमती अ. : सो जा रानी, सो जा!

[बेज़ारी से सिर हिलाकर रघु दरवाज़े के पास जाता है।]

रघु : *(बाहर पर्दे के पास खड़े होकर)* मैं कहता हूँ भाभी, इसे मुझे दे दीजिए।

श्रीमती अ. : *(अन्दर से बारीक और तीखी आवाज़ में)* नहीं जी, यह अपने पापा के अतिरिक्त और किसी के पास नहीं जाती।

मैं तो जैसे इसे काटती हूँ।

[रघु मुड़ना चाहता है, ऊषा और भी ज़ोर से रोती है।]

रघु : *(फिर मुड़कर)* मैं कहता हूँ, आप दे दीजिए इसे, मैं चुप करा दूँगा।

[शयन-कक्ष में अपने बिस्तर से उठकर श्रीमती अशोक बच्ची को उठाती हैं और अन्दर ही से हाथ बढ़ाकर उसे रघु को दे देती हैं।]

श्रीमती अ. : आप भी लेकर देख लीजिए।

[फिर वापस चली जाती हैं। रघु सीटी बजाकर बच्ची को चुप कराना चाहता है, पर उसके पास आकर वह लगभग दहाड़ती हुई नीचे उतरने की कोशिश में हाथ-पाँव चलाती है। इस परेशानी में रघु सीटी बजाना बिलकुल भूल जाता है और उसका मुँह गोलाकार बना रह जाता है।]

रघु : *(खीज के स्वर में)* आओ तुम्हें गाना सुनाएँ!

[उसे ग्रामोफ़ोन के पास ले जाता है, पर इस बीच रिकॉर्ड बज चुका होता है। एक हाथ से बच्ची को थाम, सुई को उठाकर फिर शुरू से लगा देता है। रिकॉर्ड फिर बजने लगता है, पर चाभी चूँकि समाप्त हो गई है, इसलिए बहुत धीरे-धीरे बजता है।]

रघु : *(अपने-आप से)* ओह! चाभी तो ख़त्म हो गई।

[ऊषा को काउच पर लिटाकर चाभी देने लगता है।

वह और ज़ोर से रोती है, काउच पर उछल-उछल पड़ती है। तभी मि. अशोक प्रवेश करते हैं।]

अशोक : ओह, यह जाग पड़ी। आ तो मेरी रानी बिटिया!

[उसे उठाकर गोद से लगा लेते हैं। बच्ची चुप हो जाती है।]

: *(बच्ची को कन्धे से लगाकर थपथपाते हुए)* अभी पाँच मिनट में सब कुछ आ जाएगा। दही के लिए पैसे और पराँठों के लिए घी दे आया हूँ।

[रिकॉर्ड धीरे-धीरे बज रहा है।]

: क्या लोच है इसके स्वर में। *(सहसा चौंककर)* पर चाभी, शायद तुमने नहीं दी!

रघु : मैं देने ही लगा था कि तुम आ गए!

अशोक : दूसरा लगा दो!

रघु : *(बेज़ारी से)* हटाओ जी!

[सुई हटा देता है, रिकॉर्ड बन्द हो जाता है। मि. अशोक ऊषा को कन्धे से लगाए, लोरी गुनगुनाते हुए घूमते हैं।]

अशोक : सो जा, मेरी रानी, सो जा...ऊषा बड़ी सयानी, सो जा... *(फिर रघु के समीप आकर)* तुमने मेरी पुस्तक देखी?

रघु : 'स्वर्ग की झलक!' हाँ देखी!

अशोक : पढ़ी? पसन्द आई?

रघु : तुम्हारी शैली प्रवहमान है।

अशोक : उसमें दी गई युक्तियों का, हो सकता है, तुम समर्थन न

करो। पर भाई, अपना-अपना विचार है और अपना-अपना अनुभव!

[घूमते हैं।]

: *(फिर रघु के पास रुककर)* मैं कहता हूँ कि पत्नी क्यों अपने अस्तित्व को अपने पति के अस्तित्व में लीन कर दे? अपनी हस्ती वह अलग क्यों न बनाए? क्यों न उसे विकास दे, स्थायित्व दे? हमारे वैवाहिक जीवन में प्राय: जो इतनी जल्दी घुन लग जाता है, वह इसी घातक विचार ही के तो कारण कि पति, पत्नी का परमेश्वर है। *(बेज़ारी से एक 'हुँह' कर देते हैं)* मेरा और *(तनिक हँसकर)* श्रीमती अशोक का भी यह विचार है कि पति-पत्नी दो अलग-अलग हस्तियाँ हैं। दोनों अपने-अपने कृतित्व के लिए उत्तरदायी हैं। न पत्नी पर पति के काम का ज़िम्मा है, न पति पर पत्नी के कृत्य की ज़िम्मेदारी! और सच मानो, हमारा वैवाहिक जीवन स्वच्छ, निर्मल जल-धारा की तरह अविराम गति से बह रहा है। न उसमें किसी तरह का कलुष है, न किसी प्रकार की बाधा!

[ऊषा कुनमुनाती है। मि. अशोक फिर उसे लोरी देते हुए घूमते हैं।]

: सो जा, मेरी रानी, सो जा...ऊषा बड़ी सयानी, सो जा...

[दरवाज़े पर टिक-टिक की आवाज़ सुनाई देती है।]

अशोक : कौन?

तन्दूर वाला : *(बाहर से)* बाबूजी, खाना ले आया हूँ।

अशोक : क्यों भाई, उधर चलें—खाने के कमरे में या यहीं रहे...

(फिर स्वयं ही) ले आओ भाई, इधर ही ले आओ!

[रघु छोटी मेज़ पर से कपड़ा उठा देता है। ग्रामोफ़ोन वाली मेज़ के साथ जो कुर्सी पड़ी है, उसे खिसका लेता है। नौकर थाली में खाना सजाए, उसे दूसरी उलटी थाली से ढके, प्रवेश करता है। ऊपर की थाली हटाकर निचली मेज़ पर रख देता है।

अशोक : लो भाई, ऊषा तो सो गई, मैं इसे जरा अन्दर दे आऊँ।

[अन्दर जाते हैं, रघु जग से पानी लेकर चिलमची में हाथ धोता है। कुछ क्षण बाद मि. अशोक वापस आ जाते हैं, उसी तरह बच्ची को कन्धे से लगाए हुए।]

: *(खिसियानी हँसी के साथ)* सीता को इससे बड़ा डर लगता है, कहने लगीं—मेरा तो सिर फटा जा रहा है, यह कम्बख़्त फिर चीख़ेगी।

[फिर खिसियानी हँसी हँसते हैं।]

रघु : *(रूमाल से हाथ पोंछता हुआ)* लाओ, मैं हाथ धो चुका हूँ, इसे मुझे दे दो!

अशोक : नहीं, इसे नींद आ रही है, मैं इसे यहीं काउच पर लिटा देता हूँ।

[ऊषा को काउच पर लिटाकर पुचकारते हैं, लोरी देते हैं और थपककर सुला देते हैं। रघु जाकर खाने की मेज़ पर बैठ जाता है और मेज़ को ज़रा अपनी ओर खिसका लेता है।]

अशोक : *(जग से हाथ धोते हुए)* ऊषा तो सो गई, मैं जाकर ज़रा खीर ले आऊँ। इतने से तुम शुरू करो।

रघु : नहीं-नहीं, तुम आ जाओ!

[और साथ ही सालन का एक चम्मच मुँह में डाल लेता है। मि. अशोक जाते हैं और कुछ क्षण बाद दोनों हाथों में खीर की दो तश्तरियाँ लिये वापस आते हैं।]

अशोक : खीर मैं दो तश्तरियों में ले आया हूँ। ज़रूरत पड़ने पर और ले आऊँगा। *(हँसते हैं)* ख़ुद ही परसने और खाने में कैसा मज़ा है और अगर ख़ुद ही पकाया भी जाए तो फिर बात ही क्या है?

[तश्तरियाँ रखते हैं।]

: नौकर कम्बख़्त बीमार हो गया और सीता जी की तबीयत...

रघु : मैं पूछता हूँ, तुम यह सब विवरण काहे दे रहे हो। बैठो, सब अच्छा है, मुझे ज़रा और दो-एक जगह जाना है। सात दिन बाद यही एक इतवार आता है। राजेन्द्र के यहाँ गए हुए अरसा हो गया, आज मैं उससे मिल आना चाहता हूँ।

[एक पराँठा उठाकर उससे ग्रास तोड़ता है।]

अशोक : *(स्वयं भी ग्रास तोड़ते हुए)* ये तन्दूर के पराँठे भी क्या चीज़ हैं! जिसने इनका आविष्कार किया, उसकी जितनी भी प्रशंसा की जाए, कम है।

[कुछ क्षण दोनों चुपचाप ग्रास चबाते हैं। रघु थाली सरकाकर खीर की तश्तरी उठाता है।]

अशोक : *(रोटी परे करके)* तो मैंने भी बस की!

रघु : नहीं-नहीं...देखो, मैं खीर खाने लगा हूँ।

[चम्मच उठाता है।]

अशोक : *(स्वयं भी चम्मच उठाते हुए)* मुझे तो ख़ुद भूख नहीं थी, मैं तो तुम्हारा साथ देने के लिए बैठ गया। ख़ैर, खीर देखो, अच्छी लगे तो और ले लेना। खीर बनाने में तो सीता जी ऐसी निपुण...

रघु : लेकिन मेरा ख़याल है कि चीनी डालना शायद वे भूल गईं, या यह फीकी डिश ही...

अशोक : *(चौंककर)* हैं! चीनी नहीं! *(नौकर को आवाज़ देते हैं)* तुलसी! ओ तुलसी!! *(फिर स्वयं ही खिसियानी हँसी के साथ)* ओह! तुलसी तो बीमार है। मेरा ख़याल है, शायद ग़लती से मैं...*(घबराकर)* मेरा...मेरा...मतलब है कि सीता जी...सीता जी चीनी डालना भूल गईं। ठहरो, मैं लाता हूँ चीनी।

रघु : नहीं-नहीं, सब ठीक है। तुम बैठो।

[जल्दी-जल्दी खीर के दो-एक चम्मच निगलकर उठता है।]

अशोक : क्यों उठ खड़े हुए?

रघु : मैं तो भाई, पहले ही ज़रूरत से ज़्यादा खा चुका हूँ। समाचार-पत्र में नाइट-एडीटर[1] हूँ, और जठराग्नि मेरी उतनी तेज़ नहीं। *(हँसता है।)*

अशोक : अरे भाई, कुछ तो लो, यह दही तुमने छुआ भी नहीं।

---

1. रात के समय काम करने वाला सम्पादक।

रघु : दोपहर तक दही मीठा कैसे रह सकता है! *(हँसता है)* और डॉक्टर ने मुझे खट्टा दही खाने से मना कर रखा है।

[जाकर जग से हाथ धोता है, अशोक जल्दी-जल्दी खाना खाते हैं।]

रघु : *(हाथ धोकर रूमाल से पोंछते हुए)* अब मुझे छुट्टी दो, इस दावत के लिए धन्यवाद!

[काउच से हैट उठाता है।]

अशोक : *(उठते हुए, मुँह का ग्रास चबाते-चबाते)* ठहरो, मुझे भी हाथ धो लेने दो।

[जाकर हाथ धोते और कुल्ला करते हैं। फिर रूमाल से हाथ पोंछते हैं।]

रघु : *(हाथ बढ़ाते हुए)* अब मुझे इजाज़त दो। राजेन्द्र के यहाँ मुझे...

अशोक : *(उसका हाथ अपने हाथ में लेकर दरवाज़े की ओर चलते हुए)* चलो, मैं भी तुम्हारे साथ चलता हूँ, ऊषा तो सो रही है, मैं सीता जी के लिए कुनीन और ऐस्पिरीन लेता आऊँगा।

[दोनों चलते हैं।]

पर्दा

तीसरा अंक

[यद्यपि मि. अशोक से उसने यही कहा कि वह राजेन्द्र के घर जा रहा है, पर उनसे अलग होकर रघु सोचने लगा कि वह सचमुच वहाँ जाए या न जाए। घर में सुबह-सुबह झगड़े की सूरत में जो अपशकुन हो गया था, उसका दुष्परिणाम तो उसने अशोक के घर प्रत्यक्ष ही देख लिया था। भूखी आँतें उसे आगे बढ़ने से रोक रही थीं, पर मन कहता था कि अब न जाने फिर कितने दिन पर भेंट हो, क्यों न मिलते ही चलें; न होगा, खाना वहीं खा लेंगे। और मन ही की बात मान, वह राजेन्द्र के घर की ओर चल पड़ा था। चल तो पड़ा, पर सन्देह अब भी मन में छिपा कहीं कह रहा था कि वह घर पर न मिलेगा और तब रघु के सामने वह सारा लम्बा मार्ग घूम जाता, जो उसे राजेन्द्र के घर से अपने घर तक ले जाता था।

इसी असमंजस में वह चलता गया, मुड़ नहीं सका और वहाँ पहुँच गया। अब जब पहुँच गया तो बिना देखे कैसे बने? सो वह सीढ़ियाँ चढ़ने लगा।

इधर अपने बीमार बच्चे की चारपाई के पास राजेन्द्र

बैठा है। ड्रॉइंग-रूम उसका नितान्त अव्यवस्थित दशा में—दवाइयों के बाहुल्य से—छोटा-मोटा अस्पताल बना हुआ है। अँगीठी पर शीशियाँ, मेज़ पर शीशियाँ और अलमारियों पर शीशियाँ। मेज़-कुर्सियाँ, मेज़ की किताबें और कुर्सियों की गद्दियाँ—सब अस्त-व्यस्त पड़ी हैं।

तभी रघु कमरे में प्रवेश करता है और पर्दा उठता है।]

रघु : सुनाओ भाई राजेन्द्र, कैसे हालचाल हैं?

राजेन्द्र : *(लम्बी साँस भरकर)* चल रहे हैं किसी तरह!

रघु : *(व्यंग्यपूर्ण हँसी से)* मिस्टर अशोक के घर हमारी तो दावत थी। वहाँ ख़ूब जी भरकर *(हँसता है)* ख़ूब जी भर खाना खाने के बाद हमने सोचा तुमसे भी मिलते चलें।

[ज़ोर से हँसता है। बिस्तर पर पड़ा बीमार बच्चा रो उठता है।]

राजेन्द्र : आ, आ, मेरे पास आ!

[उसे उठाकर कन्धे से लगा लेता है।]

: *(उठते हुए, रघु से)* अपना-अपना भाग्य है भाई, तुम्हें दावतें खाने को मिलती हैं और यहाँ दो दिन से प्रायः उपवास है।

रघु : *(आश्चर्यचकित होकर)* उपवास?

राजेन्द्र : बच्चा दो दिन से बीमार है!

रघु : दवा क्यों नहीं दी?

राजेन्द्र : दवा हो रही है, दो बार डॉक्टर को दिखा चुका हूँ और औषधियाँ...

[हँसता है। अँगीठी और मेज़ की ओर संकेत करता है।]

रघु : भाभी कहाँ हैं?

राजेन्द्र : *(व्यंग्य से मुस्कराकर)* वे तो रिहर्सल पर गई हुई हैं।

रघु : रिहर्सल?

राजेन्द्र : हाँ, आज एस. आर. सभा की ओर से कन्सर्ट है न! वहाँ उनका भी नृत्य है...

रघु : पूर्वाभ्यास में गई हैं।

राजेन्द्र : हाँ!

[हँसता है। खोखली खिसियानी हँसी।]

रघु : पर बच्चा...

[राजेन्द्र ज़ोर से हँस देता है।

स्थानीय कॉलेज में राजेन्द्र दर्शनशास्त्र का अध्यापक है। उसको देखकर ही मालूम हो जाता है कि इस सूरत का मालिक दार्शनिक है या कलाकार। पतला-दुबला शरीर, सुन्दर मुख, चौड़ा मस्तक, लम्बी नाक और गहरी, गम्भीर आँखें। स्वभाव में कुछ उदासीनता। अपनी ओर से भी और संसार की ओर से भी। ऐसा व्यक्ति, जो दूसरों पर भी हँस सकता है और अपने पर भी और जब हँसता है तो उसकी हँसी, एक गहरी व्यथा और तीव्र व्यंग्य का पुट लिये हुए होती है, पर इस व्यंग्य और व्यथा को, कन्धे से चिपका, नन्हा बीमार बच्चा बिलकुल नहीं समझता, इसलिए प्रोफ़ेसर

साहब के इस ज़ोर से हँस देने पर वह चिड़चिड़े स्वर में रो उठता है।]

राजेन्द्र : पुच, पुच!

[पुचकारता है और फिर कन्धे से लगाकर झुलाता है।]

रघु : और नौकर तुम्हारा...

राजेन्द्र : वह किधर-किधर हो सकता है। डॉक्टर को बुलाने गया है।

रघु : क्यों, कुछ ज़्यादा तबीयत ख़राब है इसकी?

राजेन्द्र : सारी रात नहीं सोया। चिड़चिड़ा हो गया है। बुख़ार अभी कम नहीं हुआ और...

[रघु हँस पड़ता है।]

राजेन्द्र : *(हैरान)* क्यों?

रघु : मुझे अपने आप पर हँसी आती है। मैंने सोचा था—तुम्हारे घर में ही कुछ पेट-पूजाकर लेंगे पर देखता हूँ, तुम ख़ुद...

राजेन्द्र : क्यों अशोक के घर तुम्हारी दावत जो थी?

रघु : हाँ, दावत तो थी और इसी दावत की ख़ुशी में हमने सुबह दूध भी नहीं पिया, लेकिन अब इस भाग्य को क्या कहा जाए? वहाँ श्रीमती अशोक कुछ अस्वस्थ थीं—रात दो बार उठकर बच्ची को दूध पिलाने के कारण! और तन्दूर के—मिस्टर अशोक के कथनानुसार—स्वादिष्ट पराँठों की मुझे आदत नहीं।

राजेन्द्र : *(व्यंग्य से हँसता है)* ये अभिजातवर्ग की पढ़ी-लिखी औरतें!...तुम खड़े क्यों हो रघु, उधर कुर्सी पर बैठ क्यों

नहीं जाते। मैं बैठूँगा तो यह फिर रोने लगेगा। सुबह से लेकर घूम रहा हूँ। अभी लिटाया था कि फिर रोने लगा, मेरे तो कन्धे रह गए हैं। बैठ जाओ तुम!

रघु : मैं ठीक हूँ!

[उसके साथ-साथ घूमता है।]

राजेन्द्र : मैं सोचता हूँ रघु, आदमी को किसी पल चैन नहीं—पत्नी अशिक्षित थी तो रोते थे, शिक्षित है तो रोते हैं।

[हँसता है। थोड़ी देर दोनों चुपचाप घूमते हैं।]

: *(कुछ क्षण बाद)* मैं सोचता हूँ, शिक्षा का जो घातक प्रभाव हमारे यहाँ की औरतों पर दिनोंदिन पड़ रहा है, यह उन्हें किधर ले जाएगा और उनके साथ हम ग़रीबों को भी! *(हँसता है—अभिप्राय पतियों से है)* चाहिए तो यह कि ज्यों-ज्यों मनुष्य अधिक शिक्षित होता जाए, वह अधिक संस्कृत, अधिक सौम्य और अधिक गम्भीर...

[सीढ़ियों पर खट-खट की आवाज़ सुनाई देती है और बाईं ओर के दरवाज़े से श्रीमती राजेन्द्र विद्युल्लता-सी प्रवेश करती हैं—तीखे नक़्श, गोरा मुख (पाउडर + सुर्ख़ी) कन्धों तक नंगे बाज़ू, पतली कमर, कानों में सुनहरी बुन्दे, भड़कीले रंग की साड़ी। और चाल जैसे नपी-तुली, पर चंचल।]

श्रीमती रा. : क्या हाल है उम्मी का?

राजेन्द्र : *(अन्यमनस्कता से)* बुख़ार की तेज़ी से मुरझाया-सा, बेहोश-सा...

श्रीमती रा. : तो डॉक्टर को नहीं बुलाया? मैं पूछती हूँ, आप से एक बच्चे की...

[रघु खाँसता है।]

श्रीमती रा. : *(सहसा घूमकर)* ओह! रघुनन्दन हैं! *(होंठों पर मादक मुस्कान आ जाती है)* नमस्कार! सुनाइए, क्या हालचाल हैं? नई भाभी हमारे लिए कब ला रहे हैं?

रघु : *(केवल ज़रा हँस देता है।)*

श्रीमती रा. : आज आप एस. आर. सभा की कन्सर्ट देखने आएँगे या नहीं? मेरा ख़याल है, यह कन्सर्ट बेहद सफल रहेगी। मिस शशि और मिस उमा भी नृत्य में भाग ले रही हैं।

रघु : मिस उमा!

श्रीमती रा. : प्रोफ़ेसर राजलाल की लड़की। आप उन्हें नहीं जानते, वे प्रसिद्ध कलाकार हैं नृत्य कला में...

रघु : सुना है, पर देखने का अवसर नहीं मिला। रात्रि-सम्पादक एक विचित्र संसार का जीव होता है, जिसकी सुबह, शाम के साथ शुरू होती है और काम करने का समय भी...

श्रीमती रा. : पर आज तो इतवार है और प्रोग्राम निहायत दिलचस्प...

रघु : आप भी हिस्सा ले रही हैं?

श्रीमती रा. : *(कुछ शिकायत के-से स्वर में)* मुझे भी उन्होंने घसीट लिया *(हँसती हैं)* हमारे चौधरी साहब, वही जो हमें नृत्य की शिक्षा देते हैं, ज़ोर देने लगे। चैरिटी कन्सर्ट है, नहीं तो बेबी की तबीयत दो दिन से ठीक नहीं। *(घूमकर, पति से)* मैं कहती हूँ, आपने डॉक्टर को क्यों नहीं बुलवा भेजा? मुझे तो अभी वापस जाना है। खाना तो मैं वहीं मिसेज़ दयाल के यहाँ खा लूँगी, आप...रसिया ने बनाया है या नहीं!

राजेन्द्र : रसिया तो...

श्रीमती रा. : मैं ज़रा कपड़े बदल आऊँ।

[खट खट दूसरे कमरे में चली जाती हैं।]

राजेन्द्र : *(खिसियानी हँसी के साथ)* लो भई, तुम्हें तो निमंत्रण मिल गया, तुम्हें तो आज यह कन्सर्ट ज़रूर देखनी चाहिए।

रघु : *(राजेन्द्र की बात का उत्तर न देकर)* यह बच्चे का सिर तुम्हारे कन्धे से लुढ़क गया है; थक गए हो तो मुझे दे दो।

राजेन्द्र : *(हँसते और शून्य में देखते हुए)* सब्र करो। ज़रा भाभी को आने दो! इतनी देर खेलाना पड़ेगा कि ऊब जाओगे। कहो, कोई फ़ैसला किया या नहीं?

रघु : मैं घबराता हूँ।

राजेन्द्र : *(जैसे अपने से)* घबराने की बात ही है!

[व्यंग्य से हँसता है। कुछ क्षण दोनों चुप रहते हैं।]

रघु : मैं पूछता हूँ, तुम लोग बच्चे का ध्यान क्यों नहीं रखते? भाभी के दूध में तो कोई दोष नहीं!

राजेन्द्र : वह इसे दूध पिलाती ही कब है?

रघु : क्या कहा, भाभी इसे दूध नहीं पिलातीं?

राजेन्द्र : कभी नहीं। उसने शुरू ही से नहीं पिलाया।

रघु : इसीलिए तो बच्चा अस्वस्थ रहता है। माँ का दूध न पीने से बच्चे की प्रतिरोध-शक्ति कम हो जाती है। बीमारी का हमला वह बरदाश्त नहीं कर सकता।

राजेन्द्र : उसकी बला से।

रघु : क्या कहते हो?...भाभी...माँ की ममता...

राजेन्द्र : *(व्यंग्य से हँसता है)* सब पुरानी बातें हैं।

[दोनों फिर कुछ क्षण चुप रहते हैं।]

: *(दार्शनिक अन्दाज़ में)* इन चमकदार मोतियों का उपयोग कितना है रघु, तुम नहीं जानते—तुम इन्हें दूर ही से प्यार की नज़रों से देख सकते हो; चाहो तो घर में सजाकर सपनों के संसार बसा सकते हो; इनकी दमक से अपनी आँखें जला सकते हो; पर ज़िन्दगी के खरल में पीसकर इन्हें किसी काम में ला सकोगे, इसकी आशा नहीं।

[लम्बी साँस लेता है।]

रघु : यह तुम्हारी कमज़ोरी है।

राजेन्द्र : तुम इसे कमज़ोरी कहते हो, मैं इसे दूरदर्शिता समझता हूँ। पत्थर को समझाओ तो सिरदर्द मोल लो, उससे टकराओ तो माथा फोड़ो। हमने एक नया ढंग निकाल लिया है...

रघु : नया ढंग?

राजेन्द्र : बस, उसे पूजा की चौकी पर बैठा दो!

रघु : *(हँसता है)* ढंग पुराना है। लेकिन तुम फेंक सकते हो। जो पत्थर न उठे, उसे...

राजेन्द्र : *(व्यंग्य से मुस्कराकर)* बस यही पुरुषत्व हम लोगों में शेष रह गया है—एक बार जो बोझ उठा लिया, उसे ढोए जाते हैं। *(हँसता है।)*

रघु : तुमने पहले कभी नहीं बताया!

राजेन्द्र : चुप रहना भी इस खेल का एक हिस्सा है। *(फिर हँसता है।)*

[श्रीमती राजेन्द्र साड़ी पहनकर अन्दर से आती हैं—रंग के ऊपर जैसे और रंग चढ़ाकर!]

श्रीमती रा. : *(अपने पति से)* रसिया को भेज कर मिसेज़ दयाल के यहाँ मुझे बेबी के सम्बन्ध में पता दे देना, मुझे चिन्ता रहेगी। चौधरी साहब का अनुरोध है कि वाद्य-यंत्रों के साथ मैं फिर एक बार रिहर्सल कर लूँ।

[राजेन्द्र उत्तर नहीं देता।]

श्रीमती रा. : अच्छा, आप तो आएँगे न मिस्टर रघु?

रघु : *(हँसकर)* कोशिश करूँगा।

श्रीमती रा. : कोशिश नहीं, ज़रूर आइएगा! मैं यक़ीन दिलाती हूँ, आपको निराश न होना पड़ेगा। शशि, उमा, फिर संगीत और प्रहसन! *(मुड़कर अपने पति से उल्लसित स्वर में)* मैं कहती हूँ—चौधरी साहब मेरे बारे में बड़ी अच्छी राय रखते हैं। कहते हैं, मैं उनकी सब छात्राओं से बाज़ी ले जाऊँगी। *(दोनों हाथ भींचकर हँसती हैं—मीठी, मादक हँसी! फिर जैसे कुछ याद आ गया हो)* और हाँ, मेरे ज़िम्मे तो उन्होंने कुछ टिकट भी लगा दिये हैं। *(बटुए से टिकट निकालती हैं)* तो आपके ज़िम्मे कितने लगाऊँ? *(हँसती है)* देखिए, मैं आपको सज़ा नहीं दूँगी, जितने आप ख़ुशी से लेना चाहें...*(हँसती हैं)* तो कितने काटूँ? *(फिर स्वयं ही)* अच्छा, पाँच आपके ज़िम्मे रहे, दो रुपये से कम में तो आपके मित्र क्या जाना पसन्द करेंगे!

रघु : नहीं। वे इस बात को मान-अपमान का प्रश्न नहीं बनाते।

[हँसता है।]

श्रीमती रा. : पर यह तो आपका अपमान है और मैं आपका अपमान नहीं कर सकती। *(हँसती हैं)* तो काटूँ पाँच?

राजेन्द्र : तुम पच्चीस ही रघु के नाम काट सकती हो।

[शरारत से हँसता है।]

रघु : अरे भाई, मैं पाँच कहाँ बेच सकता हूँ! अच्छा, मैं पाँच रुपये का एक ही टिकट ले लेता हूँ।

श्रीमती रा. : *(उल्लास से)* ओह, धन्यवाद! *(टिकट काटती है)* और ये रुपये-रुपये वाले पाँच आपके मित्रों के लिए।

रघु : *(खिसियानेपन से हँसता है)* मैं कहता हूँ भाभी, यह जूता मुझी पर पड़ेगा!

श्रीमती रा. : मैं यक़ीन दिलाती हूँ, आपको और आपके मित्रों को इस व्यय का दुख नहीं होगा। कितनी तैयारी से यह कन्सर्ट हो रही है! फिर ख़र्च निकालकर इसकी सब बचत हिसार के अकाल-पीड़ितों के लिए जाएगी। कुछ उन भूखे किसानों का भी ख़याल कीजिए।

[टिकट फाड़कर देती हैं।]

: ये लीजिए पाँच टिकट, और...रुपये *(हँसती है)* मुझे तो देने ही पड़ेंगे, आप जब आसानी से...

[हँसती हैं।]

रघु : पर अब जब आपने टिकट फाड़ दिये...

राजेन्द्र : और फिर यह तो हिसार के अकाल-पीड़ितों...

रघु : *(खिसियानी हँसी से)* ये लीजिए पैसे! *(जेब से नोट निकालकर देता है)* मैं उधार पसन्द नहीं करता।

श्रीमती रा. : धन्यवाद! सभा आपकी बहुत कृतज्ञ होगी। सो, अब तो आप आएँगे ही। सीट मैं अगली पंक्ति में आपके लिए रिज़र्व करा छोड़ूँगी। काश, आज भाभी जीवित होतीं...

[रघु दीर्घ निःश्वास छोड़ता है।]

: *(घूमकर अपने पति से)* मैं सोचती हूँ—काश, आप भी आज चल सकते! चौधरी साहब कहते थे कि पहले से मैंने बहुत प्रगति की है...डॉक्टर जो बताए, उसकी सूचना मुझे भिजवा देना। भूलना नहीं। मुझे चिन्ता रहेगी। *(रघु से)* अच्छा, तो कन्सर्ट में...

[हँसती हुई चली जाती हैं।]

रघु : तुम आज न चलोगे राजेन्द्र?

राजेन्द्र : मेरे ज़िम्मे दूसरी ड्यूटी है?

[दोनों हँसते हैं। एक—व्यंग्यपूर्ण, और दूसरा—खिसियानी हँसी! कुछ क्षण दोनों चुप रहते हैं, फिर रघु एक अँगड़ाई लेकर उठने लगता है कि नौकर प्रवेश करता है।]

रसिया : बाबूजी!

राजेन्द्र : *(घूमकर)* डॉक्टर साहब मिले रसिया?

रसिया : आ रहे हैं बाबूजी!

[और दूसरे क्षण अपने भारी-भरकम शरीर को लिये डॉक्टर साहब प्रवेश करते हैं। सीढ़ियाँ चढ़ते-चढ़ते उनकी साँस फूल गई है; माथे पर तेवर पड़ गए हैं और चेहरे की झुर्रियाँ सिकुड़ गई हैं। हैट उतारकर रखते हैं और गहरी साँस लेते हैं।]

डॉक्टर : *(मुस्कराकर, जबकि झुर्रियाँ फैल जाती हैं)* दीये तले अँधेरा है! *(हँसते हैं)* मोटा होता जा रहा हूँ, दुनिया भर का इलाज करता हूँ और अपना...*(हँसते हैं)* सैर तक का समय नहीं मिलता।

[दरवाज़े की ओर देखते हैं। उन सीढ़ियों का ध्यान आ जाता है, जो अभी बड़ी कठिनाई से समाप्त हुई हैं।]

: मैं पूछता हूँ, आप ऊपर की मंज़िल में क्यों रहते हैं?

राजेन्द्र : *(हँसकर)* सबके पास, डॉक्टर साहब, कोठियाँ तो नहीं हो सकतीं और न मोटरें!

डॉक्टर : अच्छा है, नहीं तो मकान की सीढ़ियाँ भी आप मुश्किल से चढ़ सकते।

[सब हँसते हैं।]

: बच्चे की हालत कुछ सुधरी या नहीं?

राजेन्द्र : रत्ती भर नहीं डॉक्टर साहब, बल्कि बुख़ार और भी तेज़ हो गया है, खाँसी भी है, और ज़ुकाम भी।

[डॉक्टर थर्मामीटर निकालकर बच्चे की बग़ल में रखते हैं।]

डॉक्टर : जितने अप्राकृतिक साधन आप प्रयोग में लाते जाएँगे, बच्चे उतने ही दुर्बल होते जाएँगे। आख़िर क्या कारण है कि हम अपने सुन्दर, लम्बे-तगड़े, बलिष्ठ पूर्वजों के बौने से अवशेष मात्र रह गए हैं—हमारे बच्चों को हवा साफ़ नहीं मिलती और दूध मिलता है डिब्बों में बन्द! हँसना, किलकारी मारना वे नहीं जानते, रोना-चीख़ना वे नहीं जानते!

[थर्मामीटर निकालकर देखते हैं।]

: 103 है, ज़रा लेटा दीजिए!

[राजेन्द्र बच्चे को चारपाई पर लेटा देता है। डॉक्टर उसका निरीक्षण करते हैं।]

: आख़िर क्या कारण है कि देहात में हमें छह-छह, सात-सात फुट ऊँचे, लम्बे, चौड़ी-चकली छातियों वाले, हृष्ट-पुष्ट जाट मिलते हैं। और हमारे यहाँ...*(हँसते हैं)* इसे क़ब्ज़ तो नहीं रहती?

राजेन्द्र : जी, क़ब्ज़ तो इसे परसों से ही है!

डॉक्टर : *(गले को देखता हुआ)* अब यह बच्चा जब बाप बनेगा तो इसके बच्चे...*(हँसते हैं)*...आप इसे हवा में लेकर न फिरें, इसे ख़सरा हो गया है।

राजेन्द्र : *(घबराकर)* ख़सरा!

डॉक्टर : घबराने की कोई बात नहीं। अपनी अवधि पाकर यह अपने आप दूर हो जाएगा।

राजेन्द्र : औषधि?

डॉक्टर : मिक्सचर मैं भेज दूँगा, पर ख़सरे की सबसे बड़ी दवा है सावधानी। ब्रौनकाइटिस और निमोनिया का डर रहता है। उसके लिए पाउडर भेजूँगा। मिक्सचर से एक घंटा बाद देते रहिए। दिन में तीन बार!

[हैट उठाकर चलते हैं।]

: कल मैं फिर आकर देख जाऊँगा। *(रसिया से)* चलो मेरे साथ, वहाँ से दवाई लेते आना।

[बच्चा रोने लगता है, राजेन्द्र उसे फिर उठाकर घूमने लगता है।]

डॉक्टर : *(दरवाज़े से)* हवा में लेकर न घूमिए। निमोनिया हो गया

तो मुश्किल हो जाएगी।

[नौकर को लेकर चले जाते हैं।]

रघु : तुम इसे हवा में न लिये फिरो राजेन्द्र, चारपाई पर सुलाकर लिहाफ़ ओढ़ा दो!

राजेन्द्र : *(बच्चे को लिटाते हुए)* बिस्तर पर तो इसे जैसे काँटे चुभते हैं। लेटा नहीं कि रोने लग जाता है। मैं तो थक गया हूँ!

[बच्चे को ठीक लेटा देता है। वह लेटते ही रोने लगता है।]

: यह न लेटेगा, तुम ज़रा उठकर खिड़की लगा दो!

[रघु उठकर खिड़की लगाता है। तभी खट-खट करती श्रीमती राजेन्द्र वापस आती हैं।]

श्रीमती रा. : मुझे अभी डॉक्टर मिले थे। कहते थे—ख़सरा हो गया है, सावधानी की ज़रूरत है। तो अब रसिया से कहना कि खाना न पकाये, बच्चे के लिए नौकर की ज़रूरत होगी। खाना आज होटल से मँगा लेना। मेरा ब्रोच यहीं रह गया। उसे लेने आई हूँ। कहीं गुम ही न हो गया हो।

[खट-खट करती हुई अन्दर चली जाती हैं।]

रघु : *(अँगड़ाई लेकर उठता है)* अच्छा भाई, मुझे तो इजाज़त दो, बेहद भूख लग रही है। खाने का समय तो रहा नहीं, पर अनारकली से लस्सी का गिलास पी लूँगा। तुम भी, मैं कहता हूँ, दूध मँगा लेना। शाम का खाना, न हुआ, मैं भिजवा दूँगा।

[श्रीमती राजेन्द्र आती हैं।]

श्रीमती रा. : मिल गया, मैं तो डर ही गई थी...*(रघु से)* आप जा रहे हैं? तो चलिए, मिसेज़ दयाल के घर तक साथ रहेगा।

रघु : लेकिन भाभी, यह काम जो आपने मेरे ज़िम्मे लगा दिया है—मुझे तो अभी पाँच आदमी फँसाने हैं।

श्रीमती रा. : अरे, तो मिसेज़ दयाल का घर तो रास्ते ही में है।

रघु : चलिए। *(राजेन्द्र से)* अच्छा भाई, फिर...

श्रीमती रा. : मेरी चिन्ता आप न कीजिएगा, रात मुझे देर हो जाएगी। शाम का खाना भी मैं वहीं मिसेज़ दयाल के यहाँ खा लूँगी। और बच्चे का ध्यान रखिएगा! सूचना देना मुझे न भूलिएगा। मुझे चिन्ता रहेगी।

[दोनों जाते हैं। राजेन्द्र बच्चे को कन्धे से लगाए, सिर नीचा किये घूमता है।]

पर्दा

चौथा अंक

पहला दृश्य

[हिसार के अकाल पीड़ितों के हितार्थ एस.आर. सभा की चैरिटी कन्सर्ट का समय यद्यपि साढ़े पाँच बजे रखा गया था, तो भी भारतीयों की अपनी निजी परम्परा के अनुसार वह साढ़े छह बजे आरम्भ हो पाई। हॉल दर्शकों से खचाखच भर गया। तालियाँ और सीटियाँ और दूसरे कई प्रकार के शोर इस बात की सूचना देने लगे कि लोग टिकट ख़रीदकर भी आए हैं। लेकिन कलाकारों को कुछ पारिश्रमिक तो दिया नहीं गया, इसलिए बड़े आराम से अपना वक़्त लेकर ग्रीन रूम में पहुँचे। चूँकि प्रोफ़ेसर राजलाल और उनकी पत्नी भी कन्सर्ट देखने आ रहे थे, इसलिए उमा को अपने माता-पिता के साथ आने के कारण देर हो गई। मिसेज़ दयाल और उनकी सहेलियों को तैयार कराने के कारण मिसेज़ राजेन्द्र पौन घंटे देर से पहुँचीं। यही स्थिति दूसरे कलाकारों की रही। उनकी अनुपस्थिति में बड़े बेतुकेपन से 'वन्दे मातरम्' गाया गया। गाने वालों को गाने के बोल स्मरण न थे, उच्चारण तो

ऐसा कि रहे राम का नाम!—सुर न लय और न ताल! बीच ही में एक लम्बी-सी 'वन्दे मातरम्' करके उसे समाप्त कर दिया गया। उसके बाद श्रीमती राजेन्द्र का कथाकली नृत्य था, किन्तु श्रीमती राजेन्द्र का कुछ पता न था, इसलिए उनके स्थान पर किन्हीं श्री चोपड़ा ने पशु-पक्षियों की बोलियाँ सुनाईं। तत्पश्चात् संगीत और ऑर्केस्ट्रा की जगह किन्हीं तथाकथित रेडियो आर्टिस्ट का गाना हुआ, जो हॉल में किसी ने नहीं सुना। सभा के सेक्रेटरी मिस्टर शर्मा बुरी तरह घबरा रहे थे कि यदि उनके प्रमुख कलाकार न आए तो उन्हें मुँह दिखाने की जगह न रहेगी। तभी मिसेज राजेन्द्र के साथ शशि आ गई और मिस्टर शर्मा के सूखे धानों पर पानी पड़ गया। मिसेज़ राजेन्द्र को तत्काल तैयार होने के लिए कहकर उन्होंने कवि श्री 'पपीहा' को अपना गीत सुनाने को कहा। पर नृत्य देखने के लिए दर्शक इतने उत्सुक थे कि कवि 'पपीहा' की 'पी', 'पी' किसी ने नहीं सुनी। तब हारकर पर्दे के एक ओर रखे माइक के सामने एस. आर. सभा के सेक्रेटरी मि. शर्मा स्वयं आए।]

शर्मा : *(माइक्रोफ़ोन में)* आपको यह जानकर प्रसन्नता होगी कि सभा के सभी प्रमुख कलाकार रंगमंच पर आ गए हैं और क्षण भर बाद आपको श्रीमती राजेन्द्र का कथाकली नृत्य देखने को मिलेगा।

[इस पर अचानक दर्शक मंडली में प्रथम पंक्ति में बैठा एक युवक ताली पीट उठता है और हम

देखते हैं कि यह तो रघु है। धीरे-धीरे दूसरे लोग भी उसके साथ ताली बजाने लगते हैं। इस करतल ध्वनि से प्रोत्साहित होकर मि. शर्मा तनिक और जोश से कहने लगते हैं।]

शर्मा : सज्जनो, यह कन्सर्ट मात्र मनोरंजन की चीज़ नहीं, इसके पीछे एक महान उद्देश्य काम कर रहा है। वे कलाकार, जो सहस्त्रों रुपये लेने पर भी किसी साधारण कन्सर्ट में सम्मिलित न हों, एस.आर. सभा की अपील पर हिसार के अकाल पीड़ितों की सहायता को आ पहुँचे हैं। श्रीमती राजेन्द्र के बाद मिस उमा, मिस शशि, कुमारी काजल चौधरी, कुमारी प्रतिमा घोष आपको अपने नृत्य तथा संगीत से प्रभावित करेंगी।

[इस पर करतल ध्वनि होती है।]

: सज्जनो, आप में बहुत से मुफ़्त...मेरा मतलब है कि पासों पर यह कन्सर्ट देखने आए हैं...

दर्शक : *(पिछली बेंचों से)* हमने तो नक़द टके दिये हैं।

[हॉल में ठहाका पड़ता है।]

शर्मा : *(अप्रतिभ-से होकर आवाज़ को ऊँचा करते हुए)* उसके लिए हम आपके हृदय से आभारी हैं। हम ही नहीं, हिसार के अकाल पीड़ित आभारी हैं, जिनके भूखे-सूखे पिंजर दो मुट्ठी अन्न के लिए तड़फड़ा रहे हैं। सज्जनो, कन्सर्ट की समाप्ति पर सभा के सदस्य झोलियाँ फैलाए आपके पास पहुँचेंगे, आपसे प्रार्थना है कि आप दान से उनकी झोलियाँ भर दें।

दर्शक : *(पिछली बेंचों से)* पासों वाले तो उस समय तक मीठी नींद का आनन्द ले रहे होंगे।

[इस पर हॉल में और भी ऊँचा ठहाका पड़ता है। मि. शर्मा रंग बदलता देखकर दर्शकों को अब और अधिक देर तक प्रतीक्षा में न रखने का निर्णय करते हैं और अपनी घबराहट छिपाते हुए बड़े नाटकीय ढंग से घोषित करते हैं।]

शर्मा : अब मैं आपके और रसानुभूति के बीच और रुकावट न बनूँगा। पपीहा जी का गीत समाप्त हुआ कि श्रीमती राजेन्द्र अपने अनुपम नृत्य से आप लोगों को दिखाएँगी—भारतीय नृत्य-कला किन ऊँचाइयों पर पहुँच सकती है।

[एक ओर हट जाते हैं। 'पपीहा' जी खखारकर पुनः अपना गीत आरम्भ करते हैं, पर कोई उनका गीत नहीं सुनता। सीटियाँ, तालियाँ, फब्तियाँ हॉल में चलती हैं। हारकर वे अपना गीत समाप्त कर, हाथ जोड़कर हट जाते हैं। पर्दा गिर जाता है। उस पर मोटे-मोटे स्वर्ण अक्षरों में लिखा है—एस.आर. सभा का चैरिटी कन्सर्ट—और उसके पीछे वाद्य यंत्र बजने लगते हैं, जो इस बात के सूचक हैं कि अब श्रीमती राजेन्द्र पायल की झंकार के साथ स्टेज पर प्रवेश करने वाली हैं। दर्शक बड़ी उत्सुकता से पर्दे के उठने की प्रतीक्षा करते हैं, पर श्रीमती राजेन्द्र कदाचित् अभी तैयार नहीं हुईं, इसलिए कुछ क्षण की चुप्पी के बाद हॉल में फिर हो-हल्ला होने

लगता है। इसी बीच में पहले दर्जे के दरवाज़े से आगे-आगे उमा और उसके पीछे उसकी माँ और पिता प्रोफ़ेसर राजलाल प्रवेश करते हैं। उमा उन्हें प्रथम पंक्ति में एक ख़ाली काउच पर बैठा देती है। तभी पर्दा उठता है और थिरकती हुई श्रीमती राजेन्द्र प्रवेश करती हैं। उमा एक ओर से स्टेज पर चढ़ कर नेपथ्य में चली जाती है।

श्रीमती राजेन्द्र का नृत्य बड़ा सफल रहता है। दर्शक उन्हें मंच से जाने ही नहीं देते। रघु तो ताली पीटने में कुर्सी से उठ-उठ जाता है। दो बार वे स्टेज पर आती हैं।

श्रीमती राजेन्द्र के बाद शशि गाना गाती है। फिर उमा का नृत्य होता है और दर्शकों की प्रसन्नता का वार-पार नहीं रहता।

उमा भी दो बार दो तरह का नृत्य दिखाने पर विवश होती है। उसके नृत्य के मध्य प्रोफ़ेसर राजलाल और उनकी पत्नी उमा की ओर उतना नहीं देखते, जितना रघु की ओर। एक नृत्य के समाप्त होने पर रघु जिस जोश से करतल ध्वनि कर उठता है और दर्शकों के 'वंस मोर' में अपना स्वर मिलाता है, उससे पति-पत्नी बड़े प्रसन्न होते हैं।

जब उमा का नृत्य समाप्त होता है तो प्रोफ़ेसर राजलाल और उनकी पत्नी उठते हैं और हॉल से निकल जाते हैं। क्योंकि अपने घर में लाला गिरिधारी लाल और उनकी पत्नी बैठे उनके आने की प्रतीक्षा

कर रहे हैं और प्रोफ़ेसर राजलाल समय पर वहाँ पहुँच जाना चाहते हैं।]

पर्दा

[**नोट**—इस दृश्य के लिए स्टेज पर दर्शक हॉल बनाने और एक और रंगमंच तैयार करने के स्थान पर दर्शकों में ही नाटक के अभिनेताओं को मिलाकर काम चलाया जा सकता है। बड़े पर्दे के पीछे एक पतले मलमल के पर्दे पर एस.आर. सभा का नाम लिखकर रंगमंच पर एस.आर. सभा की कन्सर्ट दिखाई जा सकती है और श्रीमती राजेन्द्र **तथा** उमा के नृत्यों के अतिरिक्त आवश्यकता के अनुसार प्रोग्राम बढ़ाया-घटाया जा सकता है।]

दूसरा दृश्य

[ख़ाली ड्रॉइंग-रूम की अँगीठी पर रखे हुए छोटे-से टाइम-पीस की सुइयों ने अभी-अभी नौ बजाए हैं। इतवार का दिन समाप्त हो गया, पर यह दिन काफ़ी महत्त्वपूर्ण रहा है। आम तौर पर रघुनन्दन को छोड़कर घर के तमाम लोग इस वक़्त तक चारपाइयों पर पसर चुके होते हैं। दुकानदार होने के नाते लाला गिरिधारी लाल के यहाँ वैसी कोई साहित्यिक अथवा कलात्मक रुचि तो है नहीं; बस, सुबह उठना, नहा-खाकर दुकान पर जा बैठना और फिर सारा दिन ग्राहकों से सिर खपाने के बाद आकर खाना खाकर सो रहना—कई वर्षों से उनका यही क्रम चला आ रहा है। कारोबारी महत्त्वाकांक्षा अवश्य उन्हें है। दुकान को वे और भी बढ़ी-चढ़ी देखना

चाहते हैं, पर रात को जल्दी सो जाना उनकी इस आकांक्षा के मार्ग में बाधा नहीं बनता। रही उनकी पत्नी—भाभी—तो वे अवश्य सारा दिन एकान्त में बिताने के कारण रुपये में कुछ आने साहित्यिक हो गई हैं, लेकिन इधर जब से उनके लड़के-बाले हो गए हैं, उन्हें अपनी साहित्यिक अभिरुचि को सींचने का अवसर नहीं मिला। दिन भर रसोई के, सफ़ाई के, बच्चों को खिलाने-पिलाने और मनाने के काम में उनका तन-मन इतना शिथिल हो जाता है कि साँझ पड़े, जब खाना खा-खिलाकर वे कोई पुस्तक सिरहाने रख, इस ख़याल से बच्चे को लेकर लेटती हैं कि उसे सुलाकर पढ़ेंगी तो बच्चे को सुलाते-सुलाते स्वयं भी सो जाती हैं—कभी उसके पहले और कभी उसके बाद। बच्चा यदि सो भी चुका हो तो भी गर्म लिहाफ़ उन्हें बाहर निकलने नहीं देता और पुस्तक बेचारी सिरहाने पड़ी सर्दी में ठिठुरा करती है। रहा रघु, तो उस बेचारे की सुबह ही रात के नौ बजे शुरू होती है। घर के सभी सदस्य जब सोने लगते हैं तो वह दफ़्तर जाने के लिए तैयार होता है। किन्तु आज नौ बज गए हैं और घर के प्रायः सभी लोग जाग रहे हैं।

बात यह है कि भाभी आज रामप्रसाद को लेकर प्रोफ़ेसर राजलाल के घर हो आई हैं। उनकी पत्नी से उनका सहेलपना भी है। उमा भी उन्हें अच्छी लगती है। फिर भाई साहब की अपेक्षा भाभी अधिक मॉडर्न और व्यावहारिक हैं। किसी सम्पन्न परिवार

से रिश्ता, वे जानती हैं, भाई साहब के कारोबार को लाभ पहुँचा सकता है और बेकारी के मारे रामप्रसाद को कहीं-न-कहीं काम दिला सकता है। इसीलिए वे प्रोफ़ेसर राजलाल की पत्नी को आश्वासन दे आई हैं कि यह रिश्ता वे अपने पति पर ज़ोर देकर स्वीकार करा लेंगी, चूँकि उनके ख़याल में पढ़ी-लिखी उमा के सन्दर्भ में रघु की ओर से कोई आपत्ति हो ही नहीं सकती, इसलिए उन्होंने प्रोफ़ेसर साहब की पत्नी से कह दिया था कि 'शुभस्य शीघ्रम' सिद्धान्त चूँकि बहुत अच्छा है, अतः रात ही को जब उनके 'वे' (अभिप्राय गिरिधारी लाल से है) खाना-वाना खा लें तो वे भी प्रोफ़ेसर साहब को भेज दें। तभी यह रिश्ता तय हो जाएगा और और इस बात का वचन प्रोफ़ेसर साहब की पत्नी ने सहर्ष दिया था कि वे उन्हें अवश्य भेज देंगी।

इसीलिए प्रोफ़ेसर राजलाल के आगमन की प्रतीक्षा में इस वक़्त सब लोग जाग रहे हैं और आँगन से उनके जगे होने का आभास बराबर मिल रहा है—मुन्नी को शायद नींद लग रही है और वह सोने के लिए शोर मचा रही है। नन्हा भी उसके स्वर-से-स्वर मिलाए है। पर भाभी भाई साहब से बातें कर रही हैं। प्रोफ़ेसर राजलाल के आने से पहले उन्हें ज़रूरी बातें करनी हैं। तभी पर्दा उठने के कुछ क्षण बाद आँगन से उनकी आवाज़ आती है—]

भाभी : वे बिरजू, ज़रा ले जा मुन्नी को, जाकर सुला अन्दर! इसे नींद आ रही है।

[ज़रा से अन्तराल के बाद मुन्नी को लिये हुए बिरजू प्रवेश करता है और मुन्नी को पलंग पर सुलाता है।

कमरा सुबह की अपेक्षा कुछ ज़्यादा साफ़ है। साधारणतया इस समय तक तो बच्चे इसे साफ़ नहीं रहने देते और कोई वस्तु भी अपने स्थान पर नहीं रहती, पर आज साँझ को इसे फिर एक बार साफ़ करके कुंडी लगा दी गई थी।

नौकर मुन्नी को लिहाफ़ ओढ़ाकर जब वापस जाता है तो भाई साहब के साथ बातें करती हुईं भाभी दाख़िल होती हैं।]

भाई साहब : मैं कहता हूँ, मेरा क्या है, जिस बात में तुम सब राज़ी, उसी में मैं राज़ी! आख़िर ज़्यादा वक़्त तो उसे तुम्हारे साथ ही काटना है!

भाभी : मैं तो फिर यही कहूँगी कि एक बार जुआ खेल कर हम देख चुके हैं, फिर दोबारा...

भाई साहब : *(दार्शनिक भाव से)* जुआ तो यह भी है।

भाभी : पर इसमें हानि का उतना भय नहीं है!

भाई साहब : यह कौन जानता है! आदमी जो चाहता है, वह कब हुआ है! और हानि तो सदैव उधर ही से होती है, जिधर से उसके होने की ज़रा भी सम्भावना नहीं होती। *(हँसते हैं)* पर मेरी बात छोड़ो, रघु की इच्छा है, तुम्हारी इच्छा है, तो फिर मुझे कोई आपत्ति नहीं, कुछ संकोच मात्र है। शायद पुराने संस्कार मेरे रास्ते का रोड़ा बन रहे हैं।

भाभी : मैं कौन-सी उदार विचारों की हूँ?

भाई साहब : तुम्हारे पढ़ने-लिखने ने तुम्हें समय के साथ रखा है, पर मेरा कारोबार मुझे और भी पीछे ले गया है। लेकिन इससे क्या? पिता क्या पुत्रों के सुख के लिए अपने विचारों का गला नहीं घोंट देते, अपने सिद्धान्त को नहीं त्याग देते? *(गला कुछ आर्द्र हो जाता है)* रघु मुझे क्या अपने बेटे से कम प्रिय है!

भाभी : यही तो मैं भी कहती हूँ। *(लम्बी साँस लेती हैं)* बच्चा-सा ही तो था, जब माँ जी परलोक सिधार गईं। तब से इसे अपने लड़के ही की तरह हमने पाला है! श्रद्धा भी वह हम पर ख़ूब रखता है। आप कहेंगे तो वह रक्षा से विवाह भी कर लेगा, पर ज़िन्दगी भर जलता-भुनता रहेगा।

भाई साहब : मैं तो तुम्हारे ख़याल से ही कहता था। विमला पर तो तुम्हारा शासन चलता था। आँख बन्द करके वह तुम्हारी आज्ञा मान लेती थी। बाद में जब वह पढ़-लिख गई, तब भी उसका स्वभाव नहीं बदला। आज्ञाकारिणी वह वैसी-की-वैसी ही रही। ये आधुनिक युग की शिक्षित लड़कियाँ, तुम्हारी हर उचित-अनुचित बात मानेंगी, इस आशा से हाथ धो रखो।

भाभी : *(गर्व से)* मैं रघु की माँ नहीं, उसकी भावज हूँ। इतनी स्वार्थपरता मुझमें नहीं कि अपने आराम के लिए उसकी ज़िन्दगी को हमेशा के लिए तल्ख़ बना दूँ।

भाई साहब : *(चुप)*

भाभी : देखिए, मुझे तो प्रोफ़ेसर राजलाल की लड़की पसन्द है। उसके रूप-लावण्य के आगे रक्षा बेचारी क्या ठहरेगी?

भाई साहब : *(चुप)*

भाभी : और फिर वह ग्रेजुएट है और अपने विषय में सदा अच्छे

नम्बरों पर पास हुई है।

भाई साहब : *(चुप)*

भाभी : और वह गाना-बजाना जानती है। नृत्य भी बंगाल के एक प्रसिद्ध कलाकार से वह सीख रही है। यही सब तो रघु चाहता है।

भाई साहब : *(जैसे अपना समर्थक ढूँढ़ते हुए)* रामप्रसाद की क्या राय है?

भाभी : रामप्रसाद! *(हँसती है)* उससे अगर कोई कहे तो आँखें बन्द करके वेदी पर जा बैठे!

भाई साहब : *(ठहाका मारकर हँस पड़ते हैं)* मुँह बाये मक्खी नहीं पड़ती।

[रामप्रसाद प्रवेश करता है।]

रामप्रसाद : आप मेरा अपमान करते हैं, मुझसे कोई कहे तो मैं साफ़ इनकार कर दूँ।

भाभी : तो तुम्हें इसकी भी आशा है कि तुमसे कोई कहेगा!

[रामप्रसाद पहले तो खिसियाना हो जाता है, फिर एकदम ठहाका मारकर हँस पड़ता है। उसके साथ ही भाई साहब और भाभी भी हँसते हैं।]

भाई साहब : आख़िर तुम्हारी राय क्या है?

रामप्रसाद : *(तनिक खिसियानेपन के साथ)* मुझे तो शादी करना नहीं, इसलिए मेरी राय कोई महत्त्व नहीं रखती, पर मेरा विचार है, रघु उसे पसन्द करेंगे। आज जो कन्सर्ट हो रही है... *(फिर घड़ी की ओर देखकर)* या अब तक हो चुकी होगी, उसमें उमा भाग ले रही है। रघु भी शायद उसे देखने गए हैं?

भाई साहब : तुम्हें कैसे मालूम हुआ?

रामप्रसाद : बहन के कहने से मैं उन्हें अशोक के घर देखने गया था। वहाँ से मालूम हुआ, राजेन्द्र के घर गए हैं? वहाँ गया तो पता चला कि वे शायद कन्सर्ट देखने जाएँगे। *(फिर घड़ी की ओर देखता है।)* और शायद अब वह समाप्त ही हो चुकी हो। सात से नौ तक का समय था।

[बिरजू सुप्तप्राय बच्चे को कन्धे से लगाए आता है।]

बिरजू : यह वहाँ रसोई में ही बैठा-बैठा सो रहा था।

भाभी : वहाँ चारपाई पर लेटा दे इसे और जा, जल्दी-जल्दी सब काम निबटा डाल!

बिरजू : छोटे बाबू का खाना...

भाभी : वह आ ही रहा होगा। अलग रख छोड़ और चूल्हे में कोयले गर्म रहने दे।

[नौकर चला जाता है।]

रामप्रसाद : उमा कलाकार तो अव्वल दर्जे की है। सुशिक्षित है और सुसंस्कृत भी है। प्रोफ़ेसर राजलाल की लड़की है। यही सब कुछ रघु भाई चाहते हैं।

भाई साहब : *(अचानक गम्भीर होकर)* पर हमारे घर की एकता उसके आने से भंग हो जाएगी। कमज़ोर तिनके की तरह वह उसे उड़ाए लिये फिरेगी।

भाभी : लेकिन सब पढ़ी-लिखी लड़कियाँ बुरी, और अनपढ़ लड़कियाँ अच्छी नहीं होतीं! बताइए, लाडो कै श्रेणी तक पढ़ी है? आते ही दो के चार कर दिये।

भाई साहब : शिक्षा को मैं इतना बुरा नहीं कहता। तुमने घर में इतना पढ़ा है, मैंने तुम्हें नहीं रोका, पर कॉलेज की इन ज़्यादा

पढ़ी-लिखी लड़कियों से डर लगता है।

भाभी : और मैं कहती हूँ, कम पढ़ी लड़कियों से डरना चाहिए। जो लड़की ज़्यादा पढ़ जाती है, जीवन की यथार्थता उसके सामने खुल जाती है। वह ज़िन्दगी को और भी गहरी नज़र से देखना सीख जाती है। बाहर की दुनिया का उसे अधिक ज्ञान हो जाता है, वक़्त आने पर वह जीवन-युद्ध में पति पर बोझ न बनकर उसके साथ सब विपत्तियाँ झेल सकती है। और यह 'न तीतर, न बटेर' क़िस्म की लड़कियाँ—थोड़ा पढ़कर ही अपने-आपको बहुत कुछ समझने लगती हैं। रही एकता की बात, तो मैं कहती हूँ, हमें इतना स्वार्थी न होना चाहिए। हमने उसे पाला है, पढ़ाया-लिखाया है, अपना कर्तव्य समझकर! अब उसका बदला हम क्यों चाहें? वह आपका भाई न होता तो क्या आप उसे पढ़ाते? और क्या मैं ही इस तरह उसकी देख-रेख करती?

भाई साहब : *(चुप)*

भाभी : भगवान ने हमें सब कुछ दिया है। वे अलग होना चाहें, अपने घर प्रसन्न रहें। एकता अच्छी है, पर स्वजन की आत्मा को बन्दी बनाकर उसे प्राप्त करना अच्छा नहीं!

भाई साहब : *(हथियार डालते हुए हँसकर)* मैं तुमसे कब जीत सका हूँ। तुम उसके साथ भी पटा लोगी। *(हँसते हैं।)*

भाभी : तो देखिए, जब प्रोफ़ेसर साहब आएँ—उनकी पत्नी ने कहा था, मैं उन्हें आज ही रात को भेजूँगी—अब न आए तो कल सुबह अवश्य आएँगे—तब आप कृपा कर इतना कीजिएगा कि उनके सामने कहीं पढ़ी-लिखी लड़कियों की निन्दा न शुरू कर दीजिएगा और आधुनिक शिक्षा तथा उसके दोषों पर भाषण न झाड़ने लगिएगा!

भाई साहब : *(महज़ हँसते हैं।)*

भाभी : रघु को उन्होंने देखा है। शायद उमा ने भी देखा हो। कुछ भी हो, वह उन्हें पसन्द है। हो सकता है, रघु ने भी उमा को देखा हो। न देखा हो तो मैं दिखा दूँगी। यह भी मेरे ज़िम्मे रहा कि वह मान जाए। *(धीरे से)* मान जाए! *(हँसती है)* वह सिर्फ़ मान ही न जाएगा, उमर भर मेरा आभार भी मानेगा। *(फिर हँसती है)* और यदि वे शगुन लेने को कहें तो आप इनकार न कीजिएगा। आप यही कहिएगा कि हमें कोई आपत्ति नहीं, रघु को स्वीकार है तो हमें भी स्वीकार है।

[बाहर डेवढ़ी से घंटी बजने की आवाज़ आती है।]

भाभी : और मैं फिर आप से कहती हूँ कि बस्ती वालों से ये रिश्तेदार बहुत अच्छे हैं। सभ्य और सुसंस्कृत। पास-पड़ोस में प्रतिष्ठा वाले। पैसे के लिहाज़ से भी बुरे नहीं। प्रोफ़ेसर साहब पाँच सौ रुपया वेतन पाते हैं। मैं अब रघु का विवाह उन लंडूरों के यहाँ नहीं करना चाहती, जिनके न घर है, न घाट; जो न आए-गए को बैठा सकें, न आवभगत कर सकें।

[बिरजू प्रवेश करता है।]

बिरजू : बाबूजी, बाहर आपको कोई बुला रहे हैं।

भाई साहब : कौन है, नाम पूछा?

बिरजू : जी, कोई प्रोफ़ेसर साहब हैं।

भाभी : *(उल्लास-भरी जल्दी से)* प्रोफ़ेसर राजलाल ही होंगे। जाइए, आप जाकर लिवा लाइए।

भाई साहब : तुम ज़रा ठीक से बैठो, मैं जाकर लाता हूँ।

भाभी : *(रामप्रसाद से)* तुम इधर कुर्सी पर आ बैठो। *(बिरजू से)*

उस कुर्सी को इधर कर दो बिरजू और वह पर्दा ठीक कर दो। मैं चाहती हूँ रामप्रसाद कि घर तो अच्छा हो; कोई आ जाए तो ढंग से बैठने की तो जगह हो; बातें तो कोई कर सके। तुमने देखा नहीं, प्रोफ़ेसर साहब की पत्नी कितनी सुसंस्कृत हैं। बोलती हैं तो जैसे फूल तोलती हैं। यह नहीं कि बैठो पीछे और ताने पहले सुनो। रघु की पहली सास को तो तुम जानते हो...

रामप्रसाद : पर अब तो वह मर गई बेचारी।

भाभी : घर तो वही है। फिर रामप्रसाद, दुनिया में कौन लाभ का सौदा नहीं करना चाहता? बाज़ार में आदमी दो पैसे का मिट्टी का बर्तन लेने जाए तो चार जगह पूछता है; दस बार ठोंक-बजाकर देखता है। तब ज़िन्दगी के इस सबसे बड़े सौदे में क्यों इतनी उदासीनता से काम लिया जाए? अब अच्छा रिश्ता मिलता है तो क्यों छोड़ा जाए? *(धीरे से भेद-भरे स्वर में)* प्रोफ़ेसर साहब की पत्नी ने कहा था कि हज़ार रुपया वे दहेज के अतिरिक्त रखेंगे।

भाई साहब : *(आँगन में ही)* प्रोफ़ेसर राजलाल आए हैं। *(फिर अपने पीछे आते हुए प्रोफ़ेसर साहब से)* आइए, प्रोफ़ेसर साहब!

[दूसरे क्षण भाई साहब के पीछे प्रोफ़ेसर राजलाल और उनकी पत्नी प्रवेश करते हैं।

प्रोफ़ेसर साहब अधेड़ व्यक्ति हैं। एक सुरुचिपूर्ण सूफ़ियाना सूट पहने हैं। सिर पर उनके पगड़ी है—वे उन पुराने लोगों में से हैं, जिनके संस्कार तो पुराने ही हैं, पर आधुनिक शिक्षा और विचार-स्वातंत्र्य से जो इतने सहिष्णु हो गए हैं कि बहुत-सी बातों के

बारे में सोचना ही छोड़ चुके हैं और जो हर तरह के विचारों को निरपेक्ष भाव से सुन लेते हैं तथा घर के प्रत्येक व्यक्ति को अपने-अपने विचारों के अनुसार चलने देते हैं।

प्रोफ़ेसराइन सौम्य और गम्भीर महिला हैं। वस्त्रों और उनके चुनाव में सुरुचि से काम लेना जानती हैं। छिछोरापन, जो विपन्न से अचानक सम्पन्न हो जाने वाले नौ-दौलतियों की वेश-भूषा, चाल-ढाल और बातचीत से प्रकट हुआ करता है, उनमें नाम को नहीं। उम्र काफ़ी है, पर सुन्दरता अब भी वैसी ही बनी हुई है और मुस्कराती हैं तो अब भी ऐसा मालूम होता है, जैसे कोई फूल सोया-सोया मुस्करा दिया हो।

भाभी और रामप्रसाद खड़े होकर उनका स्वागत करते हैं।]

भाई साहब : *(पत्नी की ओर संकेत करते हुए प्रोफ़ेसर साहब से)* मेरी सहधर्मिणी! *(रामप्रसाद की ओर इशारा करके)* इनके भाई!!

[सब परस्पर अभिवादन करते हैं। भाभी और प्रोफ़ेसराइन एक-दूसरे को देखकर मुस्कराती हैं।]

: *(कुर्सियों की ओर संकेत करके)* आइए, पधारिए!

[सब अपने-अपने स्थान पर बैठ जाते हैं।]

भाभी : *(हँसकर प्रोफ़ेसराइन से)* रघु तो अभी नहीं आया। आज

इतवार था, सुबह ही का गया हुआ है, शायद आ ही रहा हो।

[दोनों ज़रा हँसती हैं।]

: *(भाई साहब की ओर संकेत करते हुए)* इनसे मैंने कह दिया है...*(हँसती है)* और इन्होंने स्वीकार कर लिया है। मुझे तो उमा पसन्द है।

प्रो. साहब : (हर्ष से) आज हिसार के अकाल-पीड़ितों के लिए एस.आर. सोसाइटी की ओर से जो कन्सर्ट हुई, उसमें उमा ने भी भाग लिया था, आप शायद गए नहीं?

भाई साहब : *(दीर्घ निश्वास को दबाकर)* कारोबारी आदमियों के भाग्य में यह सब कहाँ? महीने में एक दिन छुट्टी होती है और घर के बीसियों काम...

प्रो. साहब : *(हँसते हुए विनम्र अभिमान से)* उमा ने मणिपुरी नृत्य का जो नमूना दिखाया, उसे दर्शकों ने बेहद पसन्द किया।

भाभी : बस, हमारा रघु भी ऐसी ही संगिनी चाहता है। *(भाई साहब की ओर देखकर हँसते हुए)* क्यों जी, रसोइन या दर्ज़िन वह नहीं चाहता!

[भाई साहब के अतिरिक्त सब हँसते हैं, भाभी सशंक नेत्रों से उनकी ओर देखती हैं।]

भाई साहब : *(उपेक्षा से—भूलकर कि भाभी ने उनसे क्या प्रार्थना की थी)* पढ़ी-लिखी लड़कियों को...

भाभी : *(भाँपकर जल्दी से)* ये ख़ुद पसन्द करते हैं। *(हँसती हैं)* अनपढ़ का जीवन भी कोई जीवन है, कुएँ के मेढक की तरह अपने ही संसार में मस्त! *(ज़ोर-ज़ोर से हँसती हैं।)*

भाई साहब : *(जो अब भी नहीं समझे, उसी उपेक्षा के स्वर में)* ये

कॉलेज की लड़कियाँ...

भाभी : *(हँसकर)* उनसे हज़ार दर्जे अच्छी हैं। *(फिर निमिष मात्र के लिए भाई साहब की ओर देखकर कि अब आपको बात का अवसर न मिलेगा)* घर में मुझ जैसी ने रो-पीट कर समाचार-पत्र आदि पढ़ना सीख भी लिया तो इससे क्या होता है। भारत दिन-दिन प्रगति कर रहा है। आपकी उमा से बातें करके मेरा तो जी ख़ुश हो गया। हर विषय पर वह किस आसानी से बातचीत कर सकती है। मैं सोचती हूँ, वह आ जाएगी तो मैं भी उससे कुछ सीख सकूँगी।

प्रोफ़ेसराइन : *(विनम्र मुस्कान से)* नहीं जी, कॉलेज का ज्ञान छिछला होता है, गहराई तो जीवन के वास्तविक अनुभव ही उसे प्रदान करते हैं। उसे अभी बहुत कुछ आपके चरणों में बैठकर सीखना होगा।

[बिजली की बत्तियाँ कुछ क्षण के लिए मद्धिम हो जाती हैं।]

प्रो. साहब : *(चौंककर और घड़ी की ओर देखकर)* ओह! नौ बज गए। काफ़ी देर हो गई *(हँसते हैं)* आपको भी आराम करना होगा। बात यह है कि मैं बाहर जा रहा हूँ और मैं इस ओर से निश्चिन्त हो जाना चाहता था।

[जेब से पौंड निकालकर अपनी पत्नी को देते हैं, वह भाभी की ओर बढ़ाती हैं।]

प्रो. साहब : ये स्वीकार कीजिए!

भाई साहब : *(चौंककर)* यह पौंड..!

प्रो. साहब : यदि आपको कोई आपत्ति न हो...

भाभी : *(पौंड लेते हुए)* हम तो इसे अपना सौभाग्य समझेंगे। हाँ, रघु आ जाता तो अच्छा था, वैसे हम राज़ी हैं।

प्रो. साहब : उन्हें हम मना लेंगे!

भाई साहब : *(उद्विग्न होकर)* पर यह तो कुनेत[1] का महीना है।

प्रो. साहब : *(हँसते हैं)* हम शगुन तो नहीं दे रहे हैं, वह सब तो बाद में यथाविधि होगा। यह तो समझ लीजिए कि लड़का हमारा हो गया।

भाभी : *(हँसती हैं)* वह कहाँ जा रहा है, वह तो आप ही का है।

प्रो. साहब : अच्छा, तो हमें आज्ञा दीजिए। *(उठते हैं)* भगवान करे हम लोग दिन-दिन एक-दूसरे के अधिकाधिक घनिष्ठ होते जाएँ!

[चलते हैं। भाई साहब भी साथ चलते हैं।]

: नहीं-नहीं, आप बैठिए।

[भाई साहब केवल हँसते हैं और उन्हें छोड़ने जाते हैं। भाभी बिजली के प्रकाश में चमकते हुए उस पौंड को देखती हैं और उनकी आँखें उत्तरोत्तर फैलती जाती हैं। उनमें एक विशेष चमक आती जाती है, जैसे उस पौंड के स्वर्ण-पट पर वे अपने देवर और उस कान्त-कामिनी उमा का विवाह देखती हैं और उस दहेज को सहेजती हैं, जो विवाह में आया है और जैसे सहस्र रुपयों की मधुर खन-खन का शब्द उनके श्रवणों में उल्लास उँडेल देता है।]

---

1. कुनेत के महीने में कोई शुभ कार्य आरम्भ नहीं करते हैं।

रामप्रसाद : तो अब रघुनन्दन फँस गए। *(हँसता है।)*

भाभी : *(जैसे जागकर उसकी ओर देखती हैं, फिर हँस देती हैं)* अब कहाँ जाएगा।

[भाई साहब प्रोफ़ेसर साहब को छोड़कर वापस आते हैं।]

: मैं तो डर रही थी कि आप फिर भाषण देने लगे। देखिए, भगवान के लिए कुछ दिन अपनी जीभ को अपने बस में रखिए। मैं यह मानती हूँ कि आपको वे सब नये विचार पसन्द नहीं, आप इतनी बढ़ी हुई स्वतंत्रता के भी समर्थक नहीं, पर शादी आपको तो उससे करनी नहीं। रहा रघु, तो सुबह आपने उसके विचार सुन ही लिये थे। वह इसी में प्रसन्न है। फिर एक बात मैं आपको और बता दूँ—हम स्त्रियाँ अपने-आपको पुरुषों के अनुसार ढाल लेना ख़ूब जानती हैं।

भाई साहब : *(हँसते हैं)* शायद तुम आज की नारी को नहीं जानतीं। पहले ज़रूर स्त्रियाँ पुरुषों के अनुसार अपने-आपको ढाल लिया करती थीं, पर अब तो पुरुष ही स्त्री के अनुसार अपने-आपको ढालते हैं।

[फिर हँसते हैं। रामप्रसाद अँगड़ाई लेकर उठता है।]

भाभी : रामप्रसाद, बैठो अभी, नींद तो अब जल्दी आएगी नहीं। आओ भाई, एक-दो बाज़ियाँ ताश ही खेलें, तब तक रघु भी आ जाएगा।

[रामप्रसाद ताश उठाता है।]

भाई साहब : हटाओ जी, मैं सोऊँगा।

भाभी : आपको मेरी सौगन्ध...

भाई साहब : *(कुर्सी पर बैठते हुए)* अच्छा भाई, लाओ। *(पत्ते फेंटते हुए)* देखो, मैं अपने-आपको तुम्हारे अनुसार ढाल रहा हूँ या नहीं।

[सब हँसते हैं।]

पर्दा

तीसरा दृश्य

[कन्सर्ट समाप्त हो चुकी है। एक तो बेचारे अकाल पीड़ितों की सहायता करने की प्रबल इच्छा और दूसरे उच्च श्रेणी के कलाकारों को स्टेज पर देखने की उत्कट लालसा—इसलिए वह काफ़ी सफल हुई। बाहर, हॉल में दर्शक अभी तक कुमारी उमा और श्रीमती राजेन्द्र को स्वयं इस सफलता पर बधाई देने के लिए खड़े हैं। पर वे ग्रीन रूम में कपड़े बदल रही हैं। इसलिए सभा के सेक्रेटरी मिस्टर शर्मा बड़ी मुसीबत में फँसे हुए हैं। बहुत-से दर्शकों से उन्होंने स्वयं गुलदस्ते ले लिये हैं और उन्हें वचन दे दिया है कि वे कलाकारों को पहुँचा दिये जाएँगे, पर कुछ ऐसे भी हैं, जो स्वयं मिलकर ही उन्हें बधाई देना चाहते हैं। चूँकि श्रीमती राजेन्द्र का नृत्य बहुत सफल रहा है, इसलिए रघु भी जाकर फूलों का एक गुलदस्ता ख़रीद लाया है और उसने सेक्रेटरी पर ज़ोर दिया है कि वह कमरे के दरवाज़े पर दस्तक देकर पता लगाए कि कपड़े बदलने से उन्हें अवकाश मिला है या नहीं।

जिस समय सेक्रेटरी दरवाज़े पर दस्तक देता है, उसी समय पर्दा उठता है। और ग्रीन-रूम में कुमारी उमा,

जो कपड़े बदल चुकी है, एक पाँव कुर्सी पर रखकर अपनी गुरगाबी के तस्मे बाँधती दिखाई देती है।

यह कमरा कुछ छोटा है और बिजली की बत्ती भी यहाँ एक ही है। बहुत-सा सामान इस कमरे में बिखरा हुआ है। सामने एक बड़ी अलमारी है, जिसके पट खुले हैं। उसके बड़े-बड़े ख़ानों में विभिन्न प्रकार के वस्त्र तथा दूसरा सामान पड़ा है। दाईं ओर कोने में एक बड़ा आदमकद शीशा रखा है। उसके समीप ही बाईं दीवार में शृंगार-मेज़ है, जिसके चौखटे में एक छोटा-सा शीशा लगा है। इस पर पाउडर, क्रीम, बिन्दी और शृंगार का दूसरा सामान पड़ा है। खूँटियों पर कपड़े टँगे हैं। बाईं दीवार के साथ कुछ सन्दूक तथा ट्रंक रखे हैं। कमरे में कुछ कुर्सियाँ बिखरी पड़ी हैं। एक-दो पर बेतरतीबी से कपड़े पड़े हैं। फ़र्श पर एक दरी बिछी है, जिसमें बीसियों सिलवटें हैं।

दरवाज़े दो हैं। एक बाईं दीवार के इस ओर के कोने में और दूसरा सामनी दीवार के दाएँ कोने में बाईं ओर का दरवाज़ा रंगमंच की ओर खुलता है और सामने का एक दूसरे कमरे को जाता है। कुछ क्षण के बाद टिक-टिक की आवाज़ सुनाई देती है।]

उमा : *(बारीक और तीखी आवाज़)* आ जाइए!

[मि. शर्मा कुछ गुलदस्ते लिये प्रवेश करते हैं।]

शर्मा : *(हँसते हुए)* हमारी यह कन्सर्ट सब कन्सर्टों से सफल रही; बाहर लोग आपकी प्रतीक्षा कर रहे हैं। बहुतों से मैंने गुलदस्ते ले लिये...कॉलेज के लड़के *(हँसता है)* पर कुछ आप लोगों के परिचित भी हैं। *(फिर हँसकर)* कपड़े बदल लिये आपने? मिसेज़ राजेन्द्र कहाँ हैं?

उमा : *(मादक मुस्कान के साथ)* अन्दर कपड़े बदलने गई हैं।

शर्मा : मैं आप लोगों का अत्यन्त आभारी हूँ। मुझे तो डर था कि ख़र्च भी न निकलेगा। आज तीन-तीन सिनेमा हॉलों में सफल फ़िल्में चल रही हैं। भगवान ने लाज रख ली। आप लोगों की कृपा से ख़र्च निकल जाएगा और दो-एक सौ रुपया हिसार के...

उमा : कितने के टिकट बिके?

शर्मा : लगभग आठ सौ के बिक ही गए।

उमा : *(आश्चर्य से)* तो केवल दो सौ उन...

शर्मा : इतना भी भेजा जा सके तो मैं समझता हूँ, बड़ी बात है। दो सौ रुपया तो हॉल के किराये और स्टेज के निर्माण ही में ख़र्च हो गया। फिर कुछ व्यावसायिक रागी आए हुए थे। उनको और उनके साज़िन्दों को काफ़ी रक़म देनी पड़ी। इसके अलावा ताँगों, टिकटों और विज्ञापनों का ख़र्च... *(विवशता से)* कोई एक मुसीबत हो तो बताऊँ। *(हँसता है)* यह भी सब आप लोगों की कृपा से हो गया *(फिर हँसकर और बात का रुख़ पलटकर)* आज श्रीमती राजेन्द्र ने तो कमाल कर दिया।

[श्रीमती राजेन्द्र एक बाजू पर नृत्य के कपड़े लटकाए और दूसरे से साड़ी का पल्ला सँवारती हुईं अन्दर के कमरे से प्रवेश करती हैं।]

शर्मा : *(हँसकर)* मैं यही कह रहा था कि आज तो आपने कमाल कर दिया।

श्रीमती रा. : *(कपड़ों को कुर्सी की पीठ पर रखकर, बड़े शीशे के सामने जाते हुए)* मैं तो अभी इस कला के क-ख से भी परिचित नहीं हुई।

शर्मा : यह तो आप जनता से पूछिए!

उमा : जो स्टेज से भाभी को जाने ही न देती थी।

[हँसती है, मादक हँसी!]

शर्मा : और इन गुलदस्तों से पूछिए। *(हँसकर)* मैं यह कहने आया था कि बाहर अंग्रेज़ी दैनिक 'टुडे' के सम्पादक मिस्टर रघुनन्दन आपकी प्रतीक्षा कर रहे हैं। मैंने उनसे कहा भी कि लाइए, गुलदस्ता मुझे ही दे दीजिए, पर कहने लगे—इस सफलता पर मैं स्वयं उन्हें जाकर बधाई दूँगा।

श्रीमती रा. : मिस्टर रघु...

शर्मा : जी, मैंने तो कहा था...

श्रीमती रा. : आप उन्हें इधर ही भेज दीजिए।

[मि. शर्मा चले जाते हैं। श्रीमती राजेन्द्र शृंगार की मेज़ पर जाकर बाल बनाती हैं। बूट के तस्मे बाँधकर साड़ी ठीक करके कुमारी उमा भी बड़े शीशे के सामने जाती है। मि. शर्मा के जाने के बाद जो बातचीत होती है, उसमें दोनों साथ-साथ अपना शृंगार भी किये जाती हैं।]

उमा : *(बड़े शीशे के पास से, बाल बनाते हुए कनखियों से देखकर)* मिस्टर रघु को आप जानती हैं?

श्रीमती रा. : बहुत अच्छी तरह!

उमा : अरसे से परिचय है आपका?

श्रीमती रा. : अरसे से तो नहीं। प्रोफ़ेसर साहब के लेख तो तुमने देखे होंगे, इनके पत्र में वर्षों से छपते हैं। ये वहाँ कुछ ही महीने पहले आए हैं। साहित्य का विभाग इन्हें सौंपा गया है। तभी से उनकी और इनकी मैत्री हो गई है।

उमा : कैसे आदमी हैं?

श्रीमती रा. : *(तनिक मुस्कराकर)* क्या मतलब है तुम्हारा?

उमा : कैसे विचार रखते हैं, उदार या अनुदार?

श्रीमती रा. : किस मामले में, इनका पत्र तो समय का साथ देता है। न उदार, न अनुदार...

उमा : अरे भाभी! मैं पूछती हूँ, शादी-विवाह के मामले में!

श्रीमती रा. : *(सशंक नेत्रों से मुस्कराकर)* क्यों?

उमा : यों ही पूछा।

[शोफ़र[1] प्रवेश करता है।]

शोफ़र : बीबी जी, कितनी देर में चलेंगी?

उमा : अभी चलती हूँ। पिताजी कहाँ हैं?

शोफ़र : वे तो बीच ही में उठकर चले गए थे।

उमा : और माँ जी?

शोफ़र : वे भी उनके साथ गई हैं।

उमा : तो चल, मैं आती हूँ, भाभी ज़रा तैयार हो लें।

[शोफ़र चला जाता है।]

उमा : आज घर में माँ जी कुछ इनका ज़िक्र कर रही थीं, शायद इनकी माँ आई थीं।

श्रीमती रा. : इनकी माँ नहीं हैं, भाभी हैं।

---

1. मोटर चलाने वाला, ड्राइवर।

उमा : तो भाभी ही होंगी। वे तो बहुत उदार विचारों की लगती हैं। मुझे ख़ूब पसन्द आईं।

श्रीमती रा. : *(कृत्रिम अनभिज्ञता से)* क्या करने आई थीं?

उमा : *(लजाकर)* अब तुम तो भाभी...

[अँगड़ाई लेती है।]

श्रीमती रा. : अच्छा, यह बात है, तो आदमी रघु बुरा नहीं है। विचार कैसे रखता है, मैं नहीं जानती; पर है मिलनसार, हँसमुख, अंग्रेज़ी दैनिक...

उमा : वह सब मैं जानती हूँ।

श्रीमती रा. : तो वह आ रहा है, पसन्द कर लेना। *(हँसती हैं)* और बातों-बातों में उसके विचार भी जान लेना।

[दोनों हँसती हैं। बाहर टिक-टिक की आवाज़ सुनाई देती है।]

: आइए!

[रघु नरगिस के फूलों का गुलदस्ता लिये दाख़िल होता है।]

रघु : *(हँसते हुए)* मैंने कहा, मैं भी भाभी को बधाई दे आऊँ। आपने भाभी, इस कला में इतनी प्रगति कर ली है, मुझे मालूम न था।

[गुलदस्ता उनकी ओर बढ़ाता है। और तब उमा को देखकर सहसा गम्भीर हो जाता है।]

श्रीमती रा. : *(कद्रे हँसकर)* आप दोनों का परस्पर परिचय नहीं? — ओह! *(हँसती हैं)* ये हैं मिस्टर रघुनन्दन—अंग्रेज़ी 'टुडे'

के सम्पादक और प्रसिद्ध पत्रकार और ये हैं मिस उमा, प्रोफ़ेसर राजलाल की सुपुत्री! बी.ए. में प्रथम श्रेणी में पास हुईं और नृत्य कला में तो...

रघु : सुना तो पहले भी था, पर आज इनकी कला देखने का भी अवसर मिला। मैं तो मुग्ध रह गया। नमस्कार!

उमा : *(तनिक सकुचाते और लजाते हुए)* नमस्कार!

[दोनों परस्पर अभिवादन करते हैं।]

श्रीमती रा. : *(मोज़े पहनने के लिए कुर्सी पर बैठते हुए)* बैठिए रघु। तुम भी बैठो उमा, खड़ी क्यों हो, थकीं नहीं अभी?

[उमा सिर्फ़ हँसती है। रघु एक बार उसकी ओर देखता है। तभी बाहर टिक-टिक की आवाज़ सुनाई देती है।]

श्रीमती रा. : आइए!

[दरवाज़ा खुलता है और आगे-आगे श्रीमती अशोक, प्रसन्न, उत्फुल्ल और पीछे-पीछे मि. अशोक बच्ची को उठाए हुए प्रवेश करते हैं। चूँकि रघु की पीठ उनकी ओर है, इसलिए वे बधाई देने के जोश में उसे नहीं पहचान पाते।]

श्रीमती रा. : *(श्रीमती अशोक को देखकर)* ओह, आप हैं!

श्रीमती अ. : *(उल्लास भरे स्वर में)* हमने कहा, हम भी आपको बधाई...

[रघु मुड़ता है और अशोक से उसकी आँखें चार होती हैं।]

अशोक : ओह मिस्टर रघु भी हैं।

[श्रीमती अशोक चौंक पड़ती हैं और अपना वाक्य पूरा नहीं कर पातीं।]

रघु : नमस्ते भाभी!

श्रीमती अ. : *(मरी हुई आवाज़ में)* नमस्ते!

अशोक : *(पत्नी की सहायता को आते हुए)* इनका तो स्वास्थ्य बेहद ख़राब था। *(खाँसते हैं)* रात सोईं नहीं, सुबह भी सिर में दर्द था, पर मैंने कहा कि आज उमा और आप भाग ले रही हैं। हिं हिं...हिं हिं...*(हँसते हैं।)*

उमा : भाभी नमस्कार।

[अब श्रीमती अशोक केवल सिर के इशारे ही से अभिवादन का उत्तर देती हैं, इतनी शिथिलता महसूस कर रही हैं वे।]

अशोक : और फिर मैंने कहा कि मन ही बहल जाएगा। *(एक खोखला ठहाका लगाते हैं)* रोग से बढ़कर रोग तो रोग का ख़याल करते रहना है। *(फिर हँसते हैं)* क्यों, है न? *(समर्थन के लिए सबकी ओर देखते हैं, पर आँखें किसी से भी नहीं मिलाते। फिर जैसे अपने ही से, हँसकर)* रोग को, जहाँ तक सम्भव हो, पास न आने दिया जाए, बस! यही रोग की सबसे बड़ी दवा है।

[फिर एक खोखला ठहाका लगाते हैं। गोद से लगी ऊषा रो पड़ती है।]

अशोक : *(पुचकारते हुए)* पुच...पुच...*(पत्नी की ओर देखकर)* चलिए, अब यह रोने लगेगी। फिर मौसम भी बदल रहा

है। स्वास्थ्य आपका ठीक नहीं और गरम कोट आप घर छोड़ आई हैं। *(खिसियानी हँसो हँसकर सबसे)* नमस्कार! नमस्कार!! नमस्कार!!!

[हँसते हुए घबराते-से चले जाते हैं।]

श्रीमती रा. : *(उन्हें बाहर जाते निर्निमेष देखती हैं, फिर जैसे अपने-आप)* इन दोनों का वैवाहिक जीवन भी कैसा स्वर्ग है!

रघु : स्वर्ग!

[अनायास ठहाका लगाकर हँस देता है।]

उमा : मैं भाई अशोक को पसन्द करती हूँ। अपना जीवन उन्होंने अत्यन्त सुन्दर बना रखा है। कहीं क्रोध नहीं, झगड़ा नहीं, लड़ाई नहीं।

श्रीमती रा. : *(होंठों ही में जैसे अपने आप से)* उधर हमारे प्रोफ़ेसर साहब हैं कि हर बात पर दर्शन...

उमा : प्रोफ़ेसर साहब तो भाभी, फिर अच्छे हैं। मैंने घर देखे हैं, जो नरक हैं और उन नरकों के संचालक हैं पति महोदय। स्त्रियाँ बेचारी तो उनकी यातनाएँ सहने के लिए हैं। *(व्यंग्य से हँसती है)* पर भाई अशोक ने अपना वैवाहिक जीवन आदर्श बना रखा है। तुमने भाभी इनकी नई पुस्तक नहीं पढ़ी—'स्वर्ग की झलक!'

रघु : *(जो इस बीच आलोचक बन, उमा की ओर देखता रहा है)* आप उसमें दी गई युक्तियों से सहमत हैं?

उमा : मैं उनके एक-एक शब्द से सहमत हूँ। पति-पत्नी दो अलग-अलग हस्तियाँ हैं, न पति पत्नी...

[रघु फिर एक व्यंग्य-भरा ठहाका लगाता है। फिर जैसे व्यस्त होकर—]

रघु : अच्छा भाभी, नमस्कार! *(उमा से)* नमस्ते जी!

श्रीमती रा. : कुछ क्षण तो ठहरिए...

रघु : *(जाते-जाते मुड़कर)* नहीं भाभी, सुबह का घर से निकला हुआ हूँ। कल से ड्यूटी दिन की है।

[फिर नमस्कार करके चला जाता है। दोनों उसे जाते देखती हैं। फिर श्रीमती राजेन्द्र, जो मोज़े और जूते पहन चुकी हैं, उठती हैं।]

उमा : *(जो अभी तक उधर ही देख रही है)* भाभी, ये तो अजीब आदमी हैं।

पर्दा

चौथा दृश्य

[बहुत देर तक जागने का अभ्यास लाला गिरिधारी लाल को नहीं। काम करते-करते वैसे भी थक जाते हैं। इसलिए भाभी के ज़ोर देने पर ही उन्होंने ताश खेलना शुरू किया था; एक-दो बाज़ियाँ जोश से खेलीं भी; फिर उन पर आलस्य छाने लगा। रह-रह कर अँगड़ाइयाँ लेते और घड़ी की ओर देखते और बेगार टालने की तरह खेले जाते। पर्दा उठते समय वे एक लम्बी अँगड़ाई लेते दिखाई देते हैं। उनकी आँखों में नींद की खुमारी है। सहसा दूर—कहीं घड़ियाल में—टन-टन ग्यारह बजते हैं। तभी उनकी दृष्टि अँगीठी पर रखे हुए टाइमपीस पर जाती है और ऊबकर वे खेल के बीच ही में, पत्ते मेज़ पर फेंक देते हैं।]

भाभी : ऐं, ऐं, यह बाज़ी तो खेल लो।

भाई साहब : बस, मुझे नींद आ रही है, वह तो जाने कहाँ चला गया है! *(क्रोध से)* ग़ैर-ज़िम्मेदार! उसे चिन्ता नहीं कि...

भाभी : *(जो शायद बाज़ी जीत रही है)* अच्छा, लेकिन हाथ के पत्ते तो...

भाई साहब : हटाओ जी!

[बिरजू प्रवेश करता है।]

बिरजू : बाबूजी, रसोईघर तो धो दिया है। छोटे बाबू का खाना...

भाई साहब : इस समय तक जैसे वह भूखा ही बैठा होगा, रख दे उठाकर! फेंक देना सुबह...हुँह...

[बेज़ारी से सिर हिलाते हैं।]

भाभी : जा, अब खड़ा क्या देख रहा है?

[तभी रघु तेज़-तेज़ प्रवेश करता है और हैट मेज़ पर पटककर जैसे सुख की साँस लेता है।]

: मैं कहती हूँ, यहाँ तुम्हारी राह देखते-देखते आँखें पक गईं, तुम क्या करते रहे सारा दिन?

रघु : *(व्यंग्य से हँसकर)* 'स्वर्ग की झलक' देखता रहा।

भाई साहब : *(जो शायद कन्सर्ट को स्वर्ग की झलक समझे हैं, तनिक तीखे स्वर में)* तुम तो स्वर्ग की झलक देखते रहे, पर घर वाले...वहाँ तुम्हें कन्सर्ट देखनी थी तो कह जाते, खाना तुम्हारा पड़ा ठंडा हो रहा है।

रघु : खाना मैं खा आया हूँ।

भाई साहब : *(क्रोध से)* वह तो मैं पहले ही कहता था। *(ज़ोर से चीख़कर बिरजू से)* जा, अब फेंक दे बाहर! कुत्तों को डाल दे। खड़ा क्या देख रहा है!!

[बिरजू चला जाता है।]

: *(बेज़ारी से सिर हिलाकर)* हुँह! अपनी ज़िम्मेदारी का ज़रा भी ख़याल नहीं।

भाभी : *(पति से)* आते ही आप क्या शोर मचाने लगे! *(रघु से*

हँसकर) हम तो बैठे हैं तुम्हें एक ख़ुशख़बरी सुनाने।

रघु : ख़ुशख़बरी?

भाभी : बूझो भला?

रघु : *(कोट उतारते हुए हँसकर)* मैं अगर ज्योतिषी होता...

भाभी : मुँह मीठा कराओ तो बताएँ।

[रघु केवल हँसकर कुर्सी पर बैठ जाता है और बूट के तस्मे खोलने लगता है।]

भाई साहब : मैं तो यही चाहता था कि तुम वहीं रिश्ता करो, पर तुम्हारी भाभी, रामप्रसाद, तुम...बहुमत...*(हँसकर)* मैं हारा, हालाँकि अपनी वर्तमान आर्थिक स्थिति को देखकर मैं तुम्हें खर्चीली ग्रेजुएट लड़की...

रघु : *(तस्मे खोलकर एक पाँव की सहायता से दूसरे पाँव का बूट उतारता हुआ)* ग्रेजुएट लड़की!

भाई साहब : बात यह है कि मध्यवर्गीय आदमी के लिए ज़्यादा पढ़ी-लिखी लड़की के साथ ज़िन्दगी बिताना मुश्किल हो जाता है...

रघु : लेकिन भाई साहब...

भाई साहब : शिक्षा को मैं बुरा नहीं कहता, पर जिस तरह की शिक्षा आजकल लड़कियों को मिल रही है और उसका जो प्रभाव पड़ रहा है, उसकी ओर से आँखें बन्द नहीं की जा सकतीं।

रघु : *(मोज़े उतारता हुआ)* लेकिन भाई साहब...

भाई साहब : *(अपनी बातों के प्रवाह में)* चाहिए तो यह कि ज़्यादा पढ़-लिखकर आदमी और भी सीधा-सादा जीवन व्यतीत करना सीखे। जितना भरे, उतना ही भारी होता जाए, पर यहाँ तो लड़कियाँ जितना ज़्यादा पढ़ती हैं, उतनी ही

छिछली होती जाती हैं।

रघु : *(उठकर खड़े होते हुए)* लेकिन भाई साहब...

भाई साहब : *(उसी तरह धारा-प्रवाह बोलते हुए)* गहने वे चाहे पहले से कम पहनें, पर उनके ख़र्च इतने बढ़ जाते हैं कि बेचारे पति पर आफ़त आ जाती है। बहुत पढ़ी-लिखी लड़कियों के लिए तो आई.सी.एस., ई.ए.सी. चाहिए। अस्सी-सौ रुपया पाने वाले के साथ...

रघु : *(जिसके सन्तोष का प्याला भर चुका है)* पर भाई साहब, यहाँ ग्रेजुएट लड़की का ज़िक्र कहाँ हो रहा है?

भाई साहब : तुम्हारी भाभी तुम्हारी इच्छा के अनुसार एक ग्रेजुएट लड़की देख आई है।

रघु : ग्रेजुएट?

[भाभी की ओर देखता है।]

भाभी : *(अपने चुनाव की दाद चाहती हुई)* बी. ए. में वह प्रथम श्रेणी में पास हुई है।

रघु : लेकिन...

भाभी : और गाने में उसे निपुणता प्राप्त है और नृत्य में...

रघु : नृत्य में...

[मुँहबाये रह जाता है।]

रामप्रसाद : नृत्य में तो पंजाब छोड़, बंगाल और महाराष्ट्र...

भाभी : *(उल्लास से)* बूझो, कौन है?

रघु : *(जलकर)* पर तुम्हें कहा किसने कि...

भाभी : मैं कहती हूँ, वह साधारण ग्रेजुएट नहीं, ऊँचे दर्जे की कलाकार भी है।

रघु : *(और भी चिढ़कर)* मैं कहता हूँ, ऊँचे से भी दो दर्जे ऊपर

की हो तो भी मुझे क्या? आप लोगों ने मुझसे पूछा?

भाभी : *(तनिक क्रोध से)* रघु!

रघु : *(उदासीनता से)* मैं किसी ग्रेजुएट-फ्रेजुएट से विवाह नहीं कर सकता।

भाई साहब : और इसने तो शगुन भी ले लिया।

रघु : *(चीख़कर)* शगुन भी ले लिया है?

भाभी : मैं कहती हूँ, देखोगे तो मेरे चुनाव की दाद दोगे।

रघु : *(उसी स्वर में)* मैं नहीं देखना चाहता।

भाभी : जो तुम चाहते हो, वह सब उसमें है।

रघु : *(उसी स्वर में)* मैं क्या चाहता हूँ?

भाभी : तुम जीवन-संगिनी चाहते थे।

रघु : *(व्यंग्य से)* संगिनी, जो मेरे बोझ को हल्का करे...न कि उसे बढ़ाकर मेरी गर्दन तोड़ दे! *(हँसता है।)*

भाभी : जो तुम्हारे साथ काम करे।

रघु : *(व्यंग्य से)* मेरे साथ काम चाहे न करे, पर मेरे काम के मार्ग में बाधा न बने।

भाभी : जो चार मित्र आ जाएँ तो अन्दर न जा बैठे।

रघु : *(उसी व्यंग्य से)* जो अन्दर चाहे जा बैठे, पर पलक झपकते बीमार न बन जाए। *(फिर हँसता है।)*

भाभी : लेकिन तुम दर्ज़िन या रसोइन नहीं चाहते!

रघु : *(ऊँचे स्वर में)* पर मैं संगिनी चाहता हूँ, तितली नहीं!

भाभी : मैं उमा की बात कर रही हूँ!

रघु : *(एक व्यंग्य-भरा ठहाका लगाता है)* उमा!—वह स्वर्ग के सपने देखती है?

भाई साहब : *(जो कुछ नहीं समझते)* आख़िर मतलब क्या है तुम्हारा?

रघु : *(गम्भीरता से)* देखिए भाई साहब, इस वातावरण में पली, इतनी पढ़ी-लिखी लड़की से शादी करने के लिए पुराने

संस्कारों को एकदम त्याग देना पड़ता है और दुर्भाग्य से मैं अभी ऐसा नहीं कर सका। जिस स्वर्ग की झलक वे देखती हैं, वह हमारे स्वर्ग से भिन्न है।

भाई साहब : तो फिर तुम कहीं विवाह करोगे भी?

रघु : मैं रक्षा ही से विवाह करूँगा। न होगा घर पर और पढ़ा लूँगा।

[धोती उठाकर पतलून बदलने के लिए अन्दर चला जाता है।]

भाभी : *(परेशान)* और मैंने शगुन ले लिया है।

भाई साहब : *(उल्लास को छिपाकर बीवी को तसल्ली देते हुए)* मैं पहले ही जानता था कि अगर हम उत्तर को कहेंगे तो वह ज़रूर दक्खिन को जाएगा।